启明

杂记我的复旦老师们

张新颖 著

先生离开十年了，十年里这个世界的坏人没有减少，这个世界也没有变得更好。这样的话，其实是不必向先生说的，先生哪里会不清楚。就是当年懵懂的我，也是学习辨识伪说、伪善、辨识恶。先生曾经告诉我的那些坏人，我用后来的时光印证，我在后来的人中间认出他们的同类。也正因为有恶的认识，才更能够发善，认识善。这个世界不仅需要更多的善，而且需要善的聪明和勇敢，善的智慧与力量，以抗衡和搏斗。

上海译文出版社

一九九〇年八月初，
与贾植芳先生和任敏师母在昆明

一九九一年三月，
与陈思和老师在复旦第九宿舍贾植芳先生家门前

二〇一六年七月，
和金理在甘肃张掖河西学院贾植芳藏书陈列馆

与贾植芳先生、章培恒先生

一九九九年五月二十六日，我和段怀清博士论文答辩。
前排中贾植芳先生，后排从左至右王晓明教授、夏仲翼教授、
钱理群教授、谢天振教授、陈思和教授

骆玉明老师

二〇二四年九月七日，
在“陈思和教授从教四十二周年暨《从广场到岗位》
新书发布座谈会”上

与李振声老师在广州

目 次

序 “充实而有光辉”

金　理

张新颖老师的书稿《启明：杂记我的复旦老师们》搁在手边已近两月，承诺下的读后感却迟迟未动笔。眼下正是九、十月间，蝉鸣歇去，天空愈见高远，迟桂花香若有若无，就像书中记下的李振声老师所言，岁时更迭与季节轮换特别予人难以言说的庄严感，我也需要在这样的庄严感中去领受书中那一个个相遇的时刻。更何况这是漫长的相遇（题记中用了“漫长”来指称领受“启明”的过程），仅以写作时间而论，最早的一篇写于一九九二年，最晚的一篇写于二〇二三年。写贾植芳先生与陈思和老师的诸篇，内在时间跨度已近三十年，在三十年里持续记录对师长的观察，这些行迹与心迹的点点滴滴，确乎需要我以从容不迫的态度去体贴、感悟。乐评人李皖说："一个一年饱食五十曲的人，必不能与五十年中与这些曲子一一相遇的人相提并论"，因为一一相遇的时刻里除了音乐，还有生命的契机。对贾植芳、章培恒、夏仲翼、骆玉明、陈思和、李振声六位师长的记录，聚则成为二十二篇印象记，散则是时间累积而延展开的生命契机，以及生命契机里的光影声色与家事、国事、天下事及人心事。

这些记录有同一方向上的反刍、持续加深。比如一九九七年《薪传》里，提到陈思和老师是"做事情的人"以及由历史的承前启后所熔铸的、"做事"背后的力量源头，"历史、现实、薪尽火传、悲壮性、知识分子等等词汇，在我们通常的使用中往往过滤掉了它们落实到日常生活中时必然具有的平凡、琐细的一面。我们不能只热爱抽象的概念而不肯踏踏实实做实在的事情；我们不能只愿意做痛快的瞬间殉道者而回避冗长的、艰难的精神探索和文化实践。一句话，我们不能做除了放言高论就无所事事的知识分子"。二〇一〇年《不封闭缺口，宽、上、生》里，将上述实践型知识分子的生命状态与文学史家的专业身份结合起来：陈老师擅长以创新性的文学史理论整合纷繁的文学现象，“这些理论有一个共同的特点，就是都是有缺口的，以一个圆圈来比喻的话，这些理论都不是完整的圆圈，不是封闭得没有缝隙的。从反面来说这些理论都是可以挑剔、商量的，从正面来说，我以为所有好的理论都是有缺口的，这些有缺口的理论保证了它的开放的状态”；同时，“他的生命也是一种有缺口的生命，这种有缺口的生命是从本能到自觉地处于不封闭的、敞开的状态的”。且行且思考，在思考中修订，于行动中验证，“开阔”“上出”“创生”，永远朝向完善迈步而永不自居于完善。

这些记录中也有经过修正而愈益显出丰富、辩证的。贾植芳先生的《狱里狱外》是一部苦难之书，然而“它的叙述者没有特别强调苦难”，在真正有能力承担苦难的人那里，“不论世界和自己发生了什么样的变化，自己这个人身上秉承的人性光辉没有黯淡、没有湮灭”。这是张老师在《贾植芳先生的乐观和忧愤》里的认识。八年过去了，等到《沧溟何辽阔，龙性岂易驯——琐记贾植芳先生》，开始反省“长期的监禁生活没有在贾先生身上留下什么阴影”的天真看法，进而补叙了贾先生住院期间将医院认作监狱的幻觉，“这件事给了我持久的震惊。我反省自己以前的想法，长期的牢狱、监禁、改造，怎么可能不留下巨大的创伤和沉重的阴影？而要压抑这种刻骨铭心的创痛，要阻挡这种噩梦般的阴影的侵扰，又需要怎样非凡的力量？贾植芳先生的幽默、风趣，贾植芳先生的闲话、笑声，底下是怎样的坎坷、苦难、恐怖和永远也无法治愈的伤害？”从纳粹集中营九死一生地逃出来，克里玛曾一度“着迷于报仇的思想”，但终于意识到“极端的经验可能使我们的判断力倾斜”，“在这个世纪，我们作为个人和作为团体成员所经历的非同寻常的经验，可能使得我们迷失得更远。想要从我们的受苦经历中得出结论，会被导向致命的错误，不是把我们引向我们想得到的自由和正义的境地，而是把我们引向相反的方向。对于这些人本身来说，极端的经历并不打开通向智慧的道路”（伊凡·克里玛：《布拉格精神》）。苦难是一种会把人拖下深渊的可怕力量，不与恶龙缠斗、不与深渊对视进而不损及人性的苦难，算不上真正的苦难。惟其如此，将真正的苦难和创痛压服住，将人性自我校正而不趋于偏狭，才显现出伟大；从“极端的经历”打开“通向智慧的道路”，才堪称人性的奇迹。

张老师写过一篇论文《路翎晚年的“心脏”》。对于晚年路翎，一般的研究模式遵循“时代灾难——对个人精神的摧毁——个人创作才能的完结”的路径，自有其合理性。然而张老师追问的是：在此模式中，是什么居于叙述的中心？是达成对于时代的反省和批判吗？那么时代的受难者——具体个人——的位置何在？“读着路翎晚年的作品，特别是他那一首首的长诗和短诗，我由衷地感受到了精神透过重重迷障散发出来的动人光辉。人是经不起摧残的，可是人也绝不就是轻易能够彻底摧毁的……长期受到深重摧残和伤害的人在身体上、在精神上留下伤疤，是再自然不过的事了。路翎没有本领脱胎换骨，却凭借着一己生命所具有的强大的自我救治能力，开始了晚年的创作。”布罗茨基说：“社会秩序的统一并不能保证精神活动的统一；个体的美学绝不会完全听任个人或民族悲剧的摆布。”（布罗茨基：《空中灾难》）“个体的美学”在路翎晚年体现于其诗歌创作，仿佛心脏重新起搏，为濒死的躯体注入活力，“路翎的晚年创作既可以说是他自我救治的结果，同时，在更大的意义上，也是他进行自我救治的方式，而且是最重要的方式，特别是诗歌创作”。从路翎到沈从文研究（“微笑的文学”“有情文学的力量”），旁及对贾植芳先生的近身观察，人性的自我救助成为脉络性的主题。我曾在一篇短文中写道：自本科开始从张老师读书，这么些年来，似乎就是尝试摸索“有情文学”，培养对这种人性自我救助力量的热爱与信心，进而与之建立一点联系。

二〇二〇年九月，我在《长城》杂志的微信公众号上读到《写在废纸上的〈洪昇年谱〉》，顺手转发的同时记下一则往事：曾向一位复旦前辈也是章培恒先生弟子的师长请教关于文学史意义的问题，他没有正面答复，转而回忆当年往医院探视章先生，病中依然聚精会神地修订文学史稿，然后说一句（大意）：但凡这个时代正常一些，我这部文学史就根本不必做……难得在微信朋友圈露面的张老师，在我上述这则转发下留言："所以我在二〇〇七年章先生文学史的研讨会上说，这部书里面有二十世纪几代中国人挣扎的痕迹在，因此也是中国现当代文学的一个重要组成部分。"《点滴——悼念章培恒先生》中有完整的表述："章先生为什么对人性和人性的发展'耿耿于怀'呢？我觉得这里面有二十世纪的中国人、几代中国人艰难挣扎的痕迹在。从这个角度讲，这部书不仅仅是研究中国古代文学史的著作，它本身即是一部现代的文学著作，因而也是中国现代文学史的一个重要组成部分。"可以作为呼应的是，张老师对陈思和老师文学史研究的评价：在类似"还文学史本来面目"的朴素说法之外，陈老师格外"强调书写文学史的个人性，也就是说，每个书写者都应该写出自己的文学史。换成一种不那么温和的说法，就是‘创造’出合乎自己理想、对当下具有真正意义的文学史来”，“文学史是对当代发言的”(《一个文学研究者的自主创生意识》)。我想，章先生的《中国文学史新著》与陈老师的《中国当代文学史教程》均属“有个性的文学史”，体现着复旦文学史写作的传统。

我愿以一则见闻来为这种学术传统作个注脚。二〇〇二年四月，复旦学术周之中文周开幕式上，章先生应邀作题为《从当代文学出发——中国文学史研究一个值得重视的原则》的演讲。据事后报道，章先生特意提到“七十年代出生作家”的创作，“针对‘当前有些文章以作家要有社会责任感、要有社会批评意识来指责纯艺术、纯文学’的说法，他表示有不同的意见。他说，要求文学从教育、道德、批评社会的角度出发有悖文学本身的特征，这只会让纯文学回到五十年代尽写些虚假的、无真情实感的作品的老路上去”(《从当代文学出发》,《文学报》二〇〇二年四月四日)。当时，所谓“纯文学反思”正在文学评论界掀起声浪。我一直很想就此写一篇古代文学研究权威加入“反思”(反思之反思)、隔空对话的文章。章先生是否从内心喜欢那部“七十年代出生作家”的小说，也许可以推敲。从他以人性的解放、形式的发展角度来探析中国文学古今演变，以及对魏晋南北朝文学尤其齐梁唯美文学一脉的重新评价来看，也可谓其来有自。这里既关乎审美理想，也可能针对“故鬼重来”的敏感与警惕，甚或不乏仗义执言。章先生的此篇演讲见诸报端，演讲中提到的那位作家与作品悉数被删去，以“七十年代出生作家”笼统代替(章先生为此还吐槽过，见章培恒、陈村:《美好的中文》,《收获》二〇〇二年第四期)。一九九〇年代以来文学不振，到底是将板子打到“纯文学”身上，抑或追问我们到底有没有建立过与权力保持相对独立的文学传统?

独立的传统并不是指学术走向纯粹的极境，“除了理念上的涵容，在平静叙述的文字背后，在严格的学术规范之中，实蕴含着知识者个人的文化情怀和现实关切”(《一个当代知识者的文化承担》),“始终关心着个人利益之外的事情，但又不是抽象的东西，而与具体的社会和历史、精神和理想、人和命运息息相关”(《贾植芳先生的乐观和忧愤》)。说句唐突的话，我所接触过的书中所记诸位师长，性格有热有冷，李振声老师可能是最隐退的一位，“人不知而不愠”的典范，张老师却特为揭出李振声老师的“一人之勇”,“如果把他的这种退缩和专注理解成对当下现实的躲避，却是一个很深的误解。一人之勇的意思，也是说，对当下现实的承担，有个人的和专业的方式”(《写在〈季节轮换〉边上》)。拜读这些师长的著述，我内心每每生出“充实而有光辉”的感慨，对这句典出《孟子》的话，后人解释略有不同。如移用为对学术著述与研究风格的评价，则当在材料丰赡、评断公允与论证严密之外，更注入一种一身担当的丰沛的精神能量，往外则转移风气、振拔人心，于内则沉浸在学术境界与生命境界合致的陶醉与发越中，恰如“于江汉源头酣歌鼓掌”。

《香烟的故事》记录一则贾先生和香烟的往事："一九五五年五月十五日，星期天，习惯晚上工作、睡得很迟的先生还没有起床，师母推醒了他，说外面有车，接他去高教局开会。上了车，先生掏出大前门，党委书记杨西光马上抢着递给他一包中华。中华牌香烟那时候市场没有供应，杨西光不抽烟，先生事后回想起来才明白，杨西光知道要抓他，特地给他带上一包烟。当晚，先生被宣布逮捕，押入建国西路第三看守所。"这则往事见于贾先生的回忆录《狱里狱外》，想必也在复旦师长间口耳相传。二〇二〇年一月六日，《陈寅恪文集》出版四十周年纪念版发布会在复旦光华楼举行，会上姚大力教授即转述了这个故事，并认为"这是复旦留给后人的许多故事里最使人心碎、心醉的一则"。为什么是"心碎"？贾先生此番走出家门，即开始漫长炼狱，再次与妻子相见竟已是十一年之后。而对于杨西光先生而言，他在不得不完成"接送"任务的同时，内心显然承受着巨大折磨。那为什么又是"心醉"？因为即便在如此身不由己、无法选择的情形下，杨西光先生依然流露出人性的微动与闪光，体现于饱含愧疚之情递来的中华烟上。姚大力教授接着说："当我们顺从有些人以为正确的选择，准备做一件随波逐流的事情时，我们心里有时候会不由自主地'咯噔'一声。那很可能就是深藏在每个人心底的良知在发出呼唤，孟子称之为'人皆有所不忍'。"（姚大力：《陈寅恪对今日历史学的意义》）我在每学期主讲的通识课程第一节课上，都会讲一遍这则"香烟的故事"，专业领域内的学术训练之外，通识教育更注重健全人格的塑造（古人所谓"成人"），提醒我们每个人经常去倾听内心的"咯噔一声"。张老师的这部书记录其"领受'启明'的漫长过程"，作为张老师的学生，我能够做到的，大概是将"老师们的光亮"传递给更年轻的学子，让他们看见，感受到。

二〇二三年十月二十日

题　记

每个人都有他的幸与不幸。在我的幸运里面，极其重要的是，年轻时候遇到了对我产生深刻影响的老师。当时的感受，或许堪比“光庭在春风中坐了一月”（朱熹《伊洛渊源录》卷四）；现在去看，则远远不止于此，受益的方方面面，经过时间的淘洗，非但没有磨损，反而越来越清晰起来。我无法概括这丰富的给予，就借一个说法，给这本书一个名字：《启明》。它出自这样一段话：“即使在最黑暗的时代，我们也有权去期待一种启明（illumination）。这种启明或许并不来自理论和概念，而更多地来自一种不确定的、闪烁而又经常很微弱的光亮。这光亮源于某些男人和女人，源于他们的生命和作品，它们在几乎所有的情况下都点燃着，并把光散射到他们在尘世所拥有的生命所及的全部范围。而像我们这样长期习惯了黑暗的眼睛，几乎无法告知人们，那些光到底是蜡烛的光芒还是炽烈的阳光。”（汉娜·阿伦特《黑暗时代的人们·序》）对于我来说，源于我的老师们的光亮，是确定的，就在那里，过去在，现在还在。

这本小书所收的文章，篇幅长短不一，行文风貌参差；写作时间有早有近，跨度从年少到渐老，穿过我领受“启明”的漫长过程；尤其所写内容，六位复旦老师，粗略地说是三代人，经历不同，专长有别，性格和脾气也不一样。以上种种，眼见得这些文章不整齐——奇妙的是，把它们汇集起来，竟然显现出不同篇章共同的性质，形成关联的统一性。这就是我愿意以书的形式出版的理由。

二〇二三年八月末

沧溟何辽阔，龙性岂易驯

——琐记贾植芳先生

一

贾植芳先生有一对闲章：“洪宪生人”“秦坑余民”。“秦坑余民”的意思不用说了，由此可知，这对闲章是先生历经那场大劫难之后所刻；“洪宪”是袁世凯称帝的年号，贾先生出生在一九一六年，也就是所谓的“洪宪”元年。这样一算，就快到先生的九十大寿。之所以还要算一算，是因为平常确实习惯了先生的“年轻”，不特意去想，不觉得先生已经这样“老”了；再一算，我从入贾先生的门，到现在，也已经十五年。

我能够成为贾先生的学生，说起来，多少得感谢年少时的任性。一九八九年上半年，我大学就要毕业，获得免试直升研究生的资格，我跟班主任李振声老师说，我要读贾先生的研究生。李老师很是赞同。但过了不久，李老师告诉我，贾先生年纪大了，不招硕士研究生了；接着，李老师又指点我说，你可以跟哪位，还有哪位老师读。我记得那是在东部宿舍的走廊里，我一急，就对李老师说，贾先生不招，我就不读了，我要去工作。

那时候免试直升研究生的名额很少，我这样的反应，大概李老师也没想到。不过我敢在他面前发这样的坏脾气，也是他四年来纵容和偏爱的结果。这一来，他也和我一样急起来。于是，有一天晚上，他带我去见贾先生。

为什么一定要读贾先生的研究生，到现在，我也不能很好地回答这个问题；其实在那之前，我只见过贾先生一次。那次是北京大学的王瑶先生来，在第四教学楼有个讲座，贾先生是主人，陪坐在讲台上。现代文学研究界的这两位山西老乡坐在一起，是很有意思的。王先生抽烟斗，贾先生抽纸烟，我对贾先生的第一个印象就是，吸烟的频率极快，而且是抽完一支，接着就点上另一支，我注意到，那天贾先生抽的是黄盒子的凤凰烟。后来我常常听到贾先生向人谈“养生”经验，宣扬的是王瑶先生的观点：一不戒烟，二不戒酒，三不锻炼。但那天的讲座上贾先生讲了什么话，王瑶先生谈了些什么，却全忘记了，或者当时就没听清，贾先生的话难懂，王瑶先生的话或许不那么难懂，但在大教室里，人多，就显得声音轻，我坐得不够靠前，听起来吃力。

李老师带我去见贾先生，我心里非常紧张，紧张的是我不知道该说什么话。等我在贾先生的书房里坐了五分钟之后，这种紧张就没有了。我还是不知道该说什么话，但这根本就不是个问题，先生滔滔不绝，而且妙趣横生，用不着我这样不会说话的人多开口。

从先生家里出来，我的心踏实下来，我甚至注意到第九宿舍里的树、房屋和它们在月光下的投影。事情就这样发生了转机，我如愿成了贾先生的学生，而且由贾先生和陈思和老师合带，也因此成了陈老师的第一个研究生。

那年暑假，我带着贾先生推荐给我读的几本比较文学方面的书，回到老家。我坐在小板凳上读一本英文版的厚厚的比较文学早期论文集，母亲问，读得懂吗？其实是读不大懂的，我却含含糊糊地回答母亲。那时候心里有一种奇异的宁静，又有一种对即将展开的世界的宁静的渴望，就这样，在北方夏天凉爽的风中，把这本读不大懂的书一页一页地读了下去。

过完暑假，我才正式成为贾先生的学生。

二

如果按照现在的讲课方式来说，在我全部的读研究生期间，先生就没有给我讲过一次课。先生的方式就是坐在书房兼客厅里聊天。聊什么呢？没有限定。这位瘦小的老人，能够让你充分感受海阔天空和人事沧桑。你在这里学习历史和认识社会，全是通过具体可感的形式。这个房间里常常爆发出笑声，那一定是先生特有的幽默引起的。这里形成了一种特别的氛围，吸引着各不相同的人。很长一段时间，我们会固定在每个星期五中午到先生家里，称为“星期五聚餐会”，节日一般。这个“我们”，由不同“辈分”的人组成，有老师，有师兄，我是最后的一个，直到又有比我后来的人加入进来。

在贾先生的书房兼客厅里，你不知道会碰上怎样的人和事。有一阵，大概九十年代初的那两三年，我经常碰见高晓声。我常在贾先生家里蹭饭，高晓声呢，印象里也多是在用饭时候来，背着个包，路过上海，不必事先打招呼，就进家了。有一次中文系请高晓声住在复旦讲课，高晓声不愿吃安排好的公饭，总到贾先生家里喝酒。

贾先生和高晓声是一对奇特的朋友。两人一见面，就有很多话要说，都说得很兴奋；但是他们两个人其实都听不大懂对方的话。贾先生山西音，高晓声常州腔，都没被普通话“驯服”过来。如果还有别人坐在那里，这个人就成了他们两位各自的听众，兼他们之间的翻译。

高晓声见贾先生说得乐不可支，就问我说的是什么。我说，贾先生讲，您好酒，有一天晚上喝多了，回复旦招待所，半夜里同屋的人醒来发现床上人不见了，起来找，才发现躺在洗手间，爬不起来。原来是摔了一跤。连夜送到长海医院，一检查，摔断了两根肋骨。

高晓声急忙否认，说，那是贾先生瞎编的。

见我不信，他就自问自答：贾先生为什么要瞎编呢？因为贾先生自己喜欢酒，有一次喝醉了，走到大街上，结果撞上了自行车，撞断了腿，在长海医院住了好长时间。他不好意思，所以要编我醉酒的故事。

说完，高晓声也乐得大笑起来。

贾先生被自行车撞断腿住院的事我知道，这个原因倒真是高晓声瞎编的。其实是一个青年喝多了酒骑自行车，撞上了贾先生。贾先生被撞得住院，却不追究这个青年的任何责任（先生说因为他并不是有意的），这也就难怪，这个“肇事者”，后来也成了出入贾先生家里的客人。

三

贾先生平易，风趣，就我所见，他的书房是欢声笑语最多的书房；但我所说的特别的氛围，还不仅仅就是这些。有人赞美先生的达观，以为先生历经劫难之后，什么都“想开了”，其实是错的。先生的认真和坚持，是骨子里的东西，八十岁时先生写自寿联，上一句就是“脱胎未换骨”。

就说我们这些学生，在贾先生那里完全可以无拘无束，贾先生自己也不讲究形式，但其实，贾先生是有他的要求的，做人上的要求，学业上的要求。这些要求就在那些随意的聊天中透露出来，就在他自己的日常行为中暗示出来。这些要求，不刻板，不是条条框框，在精神上却不能不说是严格的；同时，又因为是在开阔的境界里，虽然严格，却不死板，反而能够激发和唤起人的潜能。

从南区到贾先生家的路太近了，我两三天去一次，有的时候天天去，甚至一天去两次。我好像没有什么问题要向先生请教，但也可以说，那时的我也正经历着精神上的困惑和苦恼，这种困惑和苦恼说不清楚是什么，可它又确实在那里；我甚至想说，这样的困惑和苦恼不只是我一个人的，跟我差不多年龄和经历的人或多或少都有。大学毕业的夏天，火车站“一场游戏一场梦”的歌哭之后，同学们风流云散；和我一起读研究生的同学，到崇明岛农场去割稻子，要劳动一年以后才回来。我因为读的专业是比较文学，属于外语类，上面说是学外语的不能中断，中断就都忘了，所以不用去劳动。我住在南区空空荡荡的十四号楼里，每天自己读书，一个人吃饭，再就是，去贾先生家。坐在先生书房的沙发上，听先生讲历史和现实，讲他自己的传奇经历，讲他所遇到的形形色色的人和奇奇怪怪的事，讲写书编书译书（先生认为，这是一个学者应该具备的基本技能），讲社会新闻，讲潮流风尚，不知不觉中，心就安静下来，坚定起来。我的困惑和苦恼也慢慢地化解于无形之中，又在无形中培育起新的精神力量。

在贾先生的日记里，我看到这样一段话："下午，张新颖来替我整理堆在地上的旧杂志，作了一些剔除，只保留一些有专业学术价值和文献价值的东西，剔下来的东西预备作废纸卖掉。他晚饭后别去。和他谈了我们这一代知识分子的人生追求和生活道路，作为他们青年一代的历史参照。"（一九九〇年十二月二十六日）最后这一句的郑重其事，在多年后的今天读到，仍然令我心里一凛。

就这样，去贾先生家成了习惯。最频繁的时期，是在研究生快要毕业的时候。那时候，原定的工作突然没了，仓促间要找一个新单位。先生很着急，四处托人。去先生家，不仅是因为这件具体的事情，还因为，在受挫的时候，习惯更加强了。

后来，在《文汇报》工作那四年，离开了学校，却没有从先生身边离开。先生送我一本英文版的德国传记名家艾米尔·路德维希的《人之子》，希望我把它翻译出来。这本书先生年轻的时候读过，对它很有感情。我就在工作的间隙，在一个近二十人共用的大办公室里，断断续续完成了翻译。我把这本书的翻译看成是我自己工作那段时间的一个纪念，更把它看成是受教于先生的一个纪念。

四

我曾经天真地以为，长期的监禁生活没有在贾先生身上留下什么阴影，这是人性光辉没有黯淡的标志和奇迹；而先生身上那种突出的乐观和通透，更容易强化这种印象。在一九九六年十二月，我写过一篇《贾植芳先生的乐观和忧愤》，多少含有这个意思。但就在十二月底，先生住进第一人民医院，一住就是半个多月，期间发生了一件事，却使我改变了看法。

那一天是我在陪先生。先生说，好了就赶快回家，医院这地方不能住，医院就像监狱。这样聊着，我也没太在意，因为每次住院，先生都是这样的态度，说差不多的话。但渐渐地，先生就越说越激动，不太像闲聊了。我请先生不要说话，休息休息，睡一会儿。可是先生顾自说下去，他说的还是医院，我听着，却越来越像监狱了。到后来，已经分不清说的是医院还是监狱，他高声骂起来。他骂医生，骂护士，骂同病房的人，骂来看望他的人，见谁骂谁。我手足无措，没有办法让先生安静下来，只好赶紧跑到住在近旁的陈思和老师家，把陈老师叫来。陈老师来了，又请来医生，吃了镇定药，先生才安稳下来。

后来先生说，那一刻出现了幻觉，觉得就是在监狱里。

这件事给了我持久的震惊。我反省自己以前的想法，长期的牢狱、监禁、改造，怎么可能不留下巨大的创伤和沉重的阴影？而要压抑这种刻骨铭心的创痛，要阻挡这种噩梦般的阴影的侵扰，又需要怎样非凡的力量？贾植芳先生的幽默、风趣，贾植芳先生的闲话、笑声，底下是怎样的坎坷、苦难、恐怖和永远也无法治愈的伤害？

但先生还就是一个风趣和有爽朗笑声的人。后来谈起他骂人的事，先生问我，新颖，我当时骂你了没有？我说，没有。先生又问，我骂你们陈老师了没有？我说，没有。

先生是明知故问，脸上带着“狡猾”的表情。问完，我回答完，这个时候，先生就笑了起来。

五

在贾先生家里听他谈话，师母常常坐在一旁，插几句。不知从什么时候开始，师母开始持续地写东西，从卧室开着的门可以看到她伏在靠窗的桌子前，听到人来了，就放下笔，走到书房里招呼。先生就说，老太太在写回忆录呢。师母话不多，等我抄写这部回忆录时，才完整地了解了师母流放青海和山西二十余年的情形。这就是后来发表的《流放手记》。

每想到师母，就一定同时想起先生叫师母的声音。那是在各种不同情形中的声音。譬如一起出去散步，如果还有其他的人分别陪着先生和师母，先生走着走着就到前头去了，他走路快，慢不下来，却会突然停住，转过身来，喊，任敏，任敏；譬如在书房里坐着，喝了一口茶，就说，任敏，任敏，喝茶。同时把杯子递过去。一九九七年十月之后，先生叫任敏、任敏的声音，就只能在师母的病床前了。

二〇〇二年那一年，我在韩国。十一月的一天，突然收到师母去世的消息。我想象不出贾先生会怎样承受这一打击，虽然我知道先生的坚毅，但我也同样知道先生和师母相濡以沫、相敬相爱的高贵感情。

我给先生打电话。直到电话拨通，我仍然没有想出什么话来安慰先生。先生听到是我，就说，老太太昨天去了。先生跟我讲师母去世时的情况，我怔怔地说不出话来。先生又跟我说，你一个人在外面，要当心身体，要吃好饭。先生还特意说，今天的《文汇报》上有你一篇文章。

放下电话，我一个人呆呆地在房间里坐了整整一个下午，直到暮色四起，窗外的灯光亮起来。

六

胡风在漫长的牢狱生涯中想念友人，写《百花赞》——因为没有纸笔，其实不能叫作“写”，只能是“吟”，储存在记忆里。其中《酒醉花赞——怀贾植芳》后来凭记忆写出，共十首，开题句是“酒醉花无忌，常披急义心”，第一首是总括，后面九首从贾先生各个时期的经历和追求刻画他的壮气豪情和丹心赤胆。第一首，贾先生的精神气质和人格特征就跃然而出：

能生师狭盗，敢死学哀兵。
懒测皇天阔，难疑厚土深。
欣夸煤发火，耻赞水成冰。
大笑嗤奸佞，高声论古今。

就从这篇《酒醉花赞》，也可见出有着生死情谊的两个人之间的深刻理解。胡风诗中的贾先生的形象，和二十世纪中国社会的复杂变动联系在一起，突出了一个人大义凛然、能生敢死的勇者气概。我在这些年的平常日子里听贾先生谈话，看他做事，表面上似乎这样的年代没有那种危急时刻的选择和行为了，我却依然感受到胡风诗的真切：贾先生还是那个样子。

只是，我更多地从细小的事情上感受着一个丰富的人格。

两年前的一天晚上，和贾先生一起在外面吃饭，贾先生见了我三岁的儿子，称他为张先生，晚饭后要给张先生买糖吃。这个小家伙本来谁都领不走，一听要买好吃的好玩的，就乖乖地跟着老公公走了。但不巧，因为太晚了，没有买到小家伙想要的那种又好玩又好吃的糖。

第二天，贾先生让家里人打电话，叫我去一趟。我还以为有什么事。原来是先生买好了给张先生的东西。

我说，小孩子没记性，早就忘了有这回事。

先生很认真地说，不，不，答应小孩子的事

情，就一定要做到。

七

去年，在八十八岁的寿宴上，贾先生很动情地说，我十三岁离家，家庭观念淡，朋友观念深。先生叛离家庭，为追求而东奔西走，浪迹江湖，从精神上讲，是五四新文化的儿子。这条精神血脉形成了贾先生的人格，也影响了他的命运。

胡风集团案刚平反不久，有一天陈思和老师去贾先生家，碰上先生的很多朋友聚会，神色庄重。等他们散后，先生问陈老师：今天是什么日子？

原来那天是鲁迅的生日。

先生说，他们一些朋友，在五十年代，每逢鲁迅的生日都会聚在一起。

经历了二十多年的灾难，他们刚刚获得自由，首先就恢复了这样一个近似仪式的传统习惯。

贾先生属龙，这个属相和他的性格与命运是否有什么关系，我不清楚；但先生的龙属相使我自然想到新文化英雄陈独秀的两句诗，是他多遭磨难、一九三七年出狱后所写：“沧溟何辽阔，龙性岂易驯。”

贾先生的“脱胎未换骨”，不就是一脉相承？

二〇〇四年八月四日

个人命运和时代悲歌

贾植芳先生曾经列出五部书，以为“越读越觉得如嚼橄榄，其味无穷”，它们是：但丁的《神曲》、塞万提斯的《堂·吉诃德》、笛福的《鲁滨孙历险记》、歌德的《浮士德》和吴承恩的《西游记》。贾先生说，“它们实在给人以大领悟、大眼光、大沉痛、大感情、大学问。”读过这五部作品的人不难看出它们之间明显的相似和相通之处：都显现了人生求索的天路历程，而人生本身，也是在这艰难而又复杂的一以贯之的大过程中趋向完成。贾先生“偏爱”这五部书，在一种意义上，未尝不可以说是他个人过分坎坷的经历在其中得到了精神上的印证，从这些作品中，老人似乎看见了自己跌打滚爬的影子。

也许正是为贾植芳先生的人生经历所吸引，一拿到《悲哀的玩具》，就手不释卷，一口气读完。《悲哀的玩具》是贾植芳先生的作品选，筛选了从三十年代下半期到现在所写的各类作品，结成一集，其中大部分是散文，另外有四篇小说，一个剧本和一首诗。从这些作品中，我强烈地感觉到一个现代中国知识分子关心时代和社会的宽大胸怀。另一方面，当他参与和投身现实中时，时代和社会就反过来影响甚至是构成了他个人的经历和命运。因此，这样一个现代知识分子的个人的生命史，就具有了超出个人以外的意义：不仅个人的现实关怀表现出知识分子之所以为知识分子的精神实质，而且，个人的命运也成为那一代坚持从社会和现实中追求人生意义的知识分子的命运的象征，同时也是我们这个民族和国家在颇多动荡的二十世纪，在艰难跋涉的苦难和曲折之中，所付出的人性代价的一种象征。

一个人和一个时代之间的关系，在饱经风霜的老人心里，自然不会完全同于充满激情的青年时代的想法。在步履踉跄地走出历史暗谷之后，有些人“仍然惊魂未定，心有余悸和预悸”，所谓回顾以往、以史为鉴反而使自己变得越发消极和扭曲，这为真正的智者和勇者所不取。贾先生晚年编自己的作品选，在沉痛与悲哀中却从积极的人生态度出发，审视过去，总结过去，书取名《悲哀的玩具》，包含了深刻的“历史反思”，“或者是一种自我的嘲弄”。其具体的意义，都写进这本虽不厚却沉甸甸的书中了。

没有什么是比做人更基本的了；也没有什么，比在一个多灾多难的时代树立起一个端正的人的形象更可感佩的了。在贾先生的诸多文字中，有一段常萦绕心头，说起来，它却是十分的简单和朴实：

> 总的说来，我只是个浪迹江湖，努力体现自我人生价值和尽到自己的社会责任，在“五四”精神的培育下走上人生道路的知识分子。我在这个世界上生活了七十多年了，眼看就要进火葬场了，可以自我告慰的是，在上帝给我铺设的坑坑洼洼的生活道路上，我总算活

得还像一个人。生命的历程，对我来说，也就是我努力塑造自己的生活性格和做人品格的过程。我生平最大的收获，就是把“人”这个字写得还比较端正。

这段话是可以让每个人想想自己该怎么活的。

一九九二年

贾植芳先生的乐观和忧愤

一个人的乐观可能是性格方面的原因使然，然而贾植芳先生的乐观，不可能仅仅归因于性格。乐观和乐观不同，比如无所关心的乐观和有所关心的乐观，糊里糊涂的乐观和清醒当中的乐观，安闲逸乐的乐观和历经劫难的乐观，其间的距离可能比乐观和悲观之间的距离还要大。贾植芳先生不是那种有福分可以什么都不思不想不关心的闲人，不是那种超然的逍遥者，那么，他的乐观一定和他所思所想所关心的对象有关系。也许只有关心大的东西，一个人的心胸才会阔大。斤斤计较于个人名利或其他一些琐事，也会有眉开眼笑的时候，只不过给这种眉开眼笑垫底的东西很容易抽掉，那时候的脸色恐怕就不好看。贾植芳先生心胸的宽大和敞亮，正是因为他始终关心着个人利益之外的事情，但又不是抽象的东西，而与具体的社会和历史、精神和理想、人和命运息息相关。也许我们就可以说，他的关心，是知识分子人文关怀的一个例证。

在《狱里狱外》这部回忆录里，充满了繁复的人与事。你会惊奇地发现，这部个人的回忆录讲了许多别人的事情、别人的命运；它对抽象的历史的兴趣，还没有对作者生活中遇到的任何一个微不足道的人物的兴趣大。可是结果却是这样：读完这部书，你感受到了历史，感受到了活生生的历史；而通常，你读完一部专门讲历史或者特别有意识地讲历史的书，你不知道历史是什么，当然更感受不到历史中人的奔走呼号、人的挫折和不屈。贾植芳先生从来就是一个社会和历史中的人，一个人群中的人，社会和历史也就不在别处，而是就在他自己和那些形形色色的具体的人的身上。历史和社会因此也就不是空洞的、僵化的或者是不可触摸的、没有意义的，历史和社会因此也就有了呼吸和心跳，有了眼泪和笑声，也有了命运。

贾植芳先生在社会中跌打滚爬，他反复强调“人”这个词所具有的宽广的意义，而不是拘泥于一种职业、一种名称所必然限定的意义。这种品性也就是知识分子的品性。教授、作家、学者，或者其他的种种叫法，天然地具有功能性和限制性的含义，可是“人”的开放的意义却能够突破限制，阔大的心胸也必须由此而来。否则岂不越来越萎缩，离“人”的概念本身所具有的阔大越来越远？人格的魅力并不仅仅是一般的道德魅力，不仅仅是通常所说的格高质洁，它同时还是“人的格局”的大魅力。贾植芳先生的乐观就包含着由“人的格局”的阔大所带来的精神魅力，由“人的格局”的阔大所带来的心灵自由空间的阔大，有所为而无逼仄、黏滞之感，尽显大方气象。这在根本上与“人”的开放的、趋向深远的意义密切相连。

《狱里狱外》是一部苦难之书，可是你也许会疑惑地感觉到，它的叙述者没有特别强调苦难，它只是呈现，它的叙述语调有些微讽，整个叙述过程流畅、自然、简单。同时，它又是绘声绘色的，一种十分朴质的绘声绘色。要是你是一个没有心肝的人，你甚至可以读得兴味盎然，到某些段落还会忍俊不禁——这是怎么回事？

哈维尔在写给妻子的“狱中书”里有这样几句话：“我发现刑期长的时候，敏感的人可能会变得偏激、怨天尤人、迟钝、冷漠和自私。无论我坐牢多久，不屈服在这种威胁之下是我的一大目标。”“我希望永远对世界敞开心胸，不偏狭地仇视世界；我要保持对别人的兴趣和关爱。我对不同的人有不同的看法，但我不至于憎恨世上的任何一个人。这方面我无意改变。如果我变了，就表示我已失落。仇恨向来不是我的行动的准则或出发点。这一点是不能改的。”哈维尔曾经给自己树立的目标，在贾植芳先生这里是一个真切存在的不可思议的现实。真正有能力承担苦难的人，不仅是指挨下来或者挺过来，更意味着，不论世界和自己发生了什么样的变化，自己这个人身上秉承的人性光辉没有黯淡、没有湮灭。《狱里狱外》是一位八十高龄的老人回首沧桑的书，是一部坎坷的命运之书，却生气贯注，有挟泥沙俱下之概。这种生气，正是人性光辉照耀下的生气。

人们乐意称道贾植芳先生的乐观，其实，这只是一面，我眼中的先生也常常是忧愤的；而且，很多时候，忧愤就在乐观的后边或者里面。其中包含着他对待世事的特别态度和方式。举一个小例子。大概是一九三九年，贾植芳先生在重庆的时候，有次对谢挺宇说，他将来如果生两个儿子，就取名一个叫贾仁、一个叫贾义，如果生两个女儿，就一个叫贾慈、一个叫贾悲；八十年代初谢挺宇到上海寻访阔别多年的老友，一进门就问：贾仁、贾义在哪儿？贾慈、贾悲呢？我几次听贾植芳先生讲起这件事，但每次都是当成笑话讲的，先生自己也往往乐不可支。这是一个以笑话或者闲话的方式表达忧时愤世的相当明显的例证；这个例子同时也很能表现贾植芳先生对待过往经验特别是重新叙述过往经验的个人化方式。《狱里狱外》就是这一个人化方式的集中体现。

贾植芳先生的忧愤，和他的乐观一样都系于宽广、深远的关怀。一个受五四新文化滋育成长起来的知识者，一个处在一代又一代知识分子追求理想的途中的自觉的精神薪传者和自愿背负十字架艰难前行的人，身历世纪的风雨，自我的生命和曲折的历史本身血肉交融，怎么还可能囿于一己的天地，无忧无虑，自在逍遥？贾植芳先生的忧愤，显然就出于他对自身的道路的选择和对知识分子共同追求的坚持。没有这样的选择和不移的坚持，自然就不会有由此而产生的忧愤。这种忧愤，不是偏狭的仇恨的发泄，不是一般所谓的愤世嫉俗，而是满怀着不衰的热情，承担着具体的历史重量，感受着当下现实的生动气息，发自于宽大敞亮的心胸和深远理想追求的忧愤。如果说贾植芳先生的乐观常常给我人生的启示，先生的忧愤则常常让我感动不已。

通常，紧接着忧愤的，往往是一种无奈感。我在贾植芳先生身上有时也会发现这一点，但我注意到，他从不让这类低沉的情绪停留太长的时间，往往只是一闪而过，贾先生又恢复成人们熟悉的贾先生。我不知道在那些个一闪而过的瞬间中，先生的心里会突然涌起一种什么样的滋味。

一九九六年十二月十五日

早春日记中的人与事

两个晚上读完《早春三年日记（一九八二至一九八四）》（大象出版社，二〇〇五年四月）。这本书的印行，使得贾植芳先生的日记从一九七九年出到了一九八七年。此前，一九七九至一九八一的“平反日记”，收在《解冻时节》一书中；一九八五至一九八七“退休前后”的日记，收在四卷本文集的书信日记卷内。

早春日记中的贾先生，已经是慢慢接近七十岁的人了，却是感奋而忙碌，一种新的生活正在展开。一九八二年元旦，收到日本学者今富正巳寄来的《北方土语辞典》，这是贾师母任敏解放初期编撰的，东京翻译出版是一九七一年，这个时候贾师母在山西务农，贾先生在上海劳改。现在已经不同。二月五日日记写：“过了一个忙碌的年，这也是二十多年来我们夫妇二人过得最好的一个年。”所说的“最好”，也就是“正常”了。

接下来，贾先生的旧译《契诃夫手记》校订出版，而且出乎意料地受欢迎，出版社一印再印。报载，中国社科院各所在北京王府井设立咨询台，答复群众问题，唐弢对学习写作的青年说，要读《契诃夫手记》。又有出版社愿意出贾先生的创作集，他自己的存书早就全部失去，图书馆也找不全，但这样的困难还是在兴奋中克服了，《贾植芳小说选》终于印出。其间的一九八三年三月十日，他很动情地写了这么一段话：“全力投入校改旧作品的工作，我年轻时代特有的那种诗意和激情今天仍然使我感到新鲜、亲切，仿佛那就是我的‘哗哗’地流着的血液的响声。”

这一时期贾先生的主要精力被两套大型资料丛书《中国现代文学史资料汇编》和《中国当代文学研究资料》牵扯，光是做“责任编委”审稿，就不知费了多少时间。另一项费神费力的工作是比较文学的学科建设。贾先生的工作，可用“拼命”这样的词来形容：“全力编《契诃夫年谱》，通宵达旦”（一九八三年三月三十日），“昨晚译书至晨六时始寝”（一九八三年十月二十四日），“未出门，今日五时始寝，赶译论文”（一九八三年十一月一日），这样的记载屡见。能够工作，在贾先生，已经是“最好”了。有一天深夜两点，先生工作的间隙，注意到屋外的雪还在落，“仿佛听出雪花落地的声音……”（一九八四年一月十八日）

贾先生喜欢说自己是社会中人，他的日记就不仅仅是个人日记，其中有非常丰富的社会信息，人与事的信息。

譬如说，我在这一段时期的日记里看到了曹白：一个因为木刻与鲁迅有过直接接触、受到鲁迅教诲和关怀的青年，一个因为创作而得到胡风帮助的作家。曹白到贾先生家，从贾先生那里“带去代他借的旧作《呼吸》，此书一九四三年由胡公在桂林新版印行，是‘七月文丛’之一，曹白自己还未见过”（一九八二年三月二日）。贾先生是热心人，为《呼吸》重版多方努力。曹白自己从文坛消失得太久了，人们不知道他，他好像也不知道别的人。一九八二年贾先生回山西参加赵树理的研讨会，回来后收到曹白的信，“问我和赵树理谈得如何”，引发贾先生感慨“这位仁兄真是‘桃花源’中人，不知有汉，何论魏晋了”（九月十七日）。

“七月派”最重要的小说家路翎平反后创作了大量作品，却大都无法发表，此一时期贾先生日记中记载为路翎推荐作品已成常事。直到路翎去世后，九十年代中期，我还在贾先生那里看见过路翎写在稿纸上的诗。

陈子展先生和贾先生来往频繁，一些记叙很有意思。一九八二年五月十五日，“陈子展来，他说昨天不适几乎翘了辫子，下午来访，想哈哈一笑，因叩门声太轻，你们不开未能进来，所以今天又来。”七月十四日，“晚饭后，去看子展先生，他足病加胃病，谈到俄国的肖斯塔科维奇，他引了肖在遗嘱中说的俄国知识分子的价值观是‘一双靴子胜过莎士比亚’。”一九八四年十二月九日，“早上陈子展先生来访，他为自己的著作（有关楚辞的）被出版社胡乱改动，弄得面目全非，大为光火。为此，找我来诉苦，大骂现代出版界不尊重作者的流氓行为。”

贾先生青年时期就喜读尼采，到老依然。在他的日记中，不时会抄录尼采的句子，是那种孤零零地抄录，没有上下文的衔接。这种抄录方式，只是对尼采一个人的著作才有。“神已死亡。”“我在人间比在禽兽里更危险。”这两句，重复出现了好几次。还有一次，抄的是《查拉图斯特拉如是说》里的一段：“谁不愿在人堆里渴死，他必须学会以各种杯子喝水的方法；谁愿意弄干净身子在人堆里走，他必须学会洗濯，甚至于拿污水洗。”显然，这不是做读书笔记。

二〇〇五年五月二十一日

香烟的故事

一

四月二十四日，贾植芳先生离世的日子，每年这天，陈思和老师，还有其他学生，都会去扫墓。二〇一八年逝世十周年，这一天也没有什么特别，二十几个人自发前往。上海宝山的仙乐息园修整得比以前好了，但平民墓地，那种挤挤挨挨的格局是变不了的。先生和师母的墓在排列整齐的墓群当中，与周围的墓看不出多大差别。

我给先生点了一支烟。

本来想也给自己点一支，陪先生。墓碑前空间狭窄，不能同时站多人，我移开，转到边上，才也点上一支。

就是这么个小念头，给先生点支烟，已经在心里盘旋了好几天。

不多久前坂井洋史教授来上海，酒桌上，谈话间忽然冒出一句：那个青蛙烟灰缸，还在吗？

我想，大概是不在了。

贾先生的书房兼做客厅，朝南的窗户下是他的写字台，朝东的窗户下放了一条长沙发，沙发前是一个不大的圆桌，无论来的什么人，总是一杯茶，放在桌子上（先生戏谑，说某位名家招待客人，尊贵的请坐沙发，叫用人端上咖啡和糖；次之坐椅子，泡茶；再次之，一碗白开水，站到门口喝）。坂井抽烟，自然对放在桌子上的青蛙烟灰缸印象深。

张掖的河西学院设立贾植芳藏书陈列馆，馆的一角复制了先生的书房，书柜、沙发、圆桌、写字台是原件，从上海运过去的。二〇一六年七月初我去那里，于遥远的大西北蓦然看到熟悉的书桌书柜，眼泪差点下来。书桌前墙面上的窗子是画的，窗框却是先生家里原来的窗框，也是特意运过去的。我留意了一下，没有见到青蛙烟灰缸。

最初跟先生读书的时候，我二十二岁，只是偶尔抽烟，但坐在先生书房里的那些时光，像个熟练的烟民，先生抽一支，给我一支，没过一会儿，再点上第二支，第三支。先生坐在藤椅上，不停地说话，右手夹着烟，烟灰燃得老长，然后落下来，落在衣襟上。师母常常提醒先生弹烟灰，先生说着说着，兴奋起来，又忘了。

二

一九五四年十一月二十日，先生给胡风和梅志写信，说："上海天天刮风，气候不正，我每天蹲在屋子里吃烟，因此很怀念你们。"

《贾植芳致胡风书札》(华宝斋书社，二〇〇一年)是我特别珍爱的书，收一九三八年到一九五四年现存的全部信件，因为特殊的原因，这些信件得以保存下来。一个青年——一九三八年先生才二十二岁——在抗战、内战期间的流浪，战斗，写作，"走向生活的底渊去"的历程，单从粗拙、倔强、用力深重的影印笔迹，就能强烈地感受到。然而，忽然停止了。上面抄的“吃烟”的话，是这本书中最后一封信的最后一段话。

一九五五年五月十五日，星期天，习惯晚上工作、睡得很迟的先生还没有起床，师母推醒了他，说外面有车，接他去高教局开会。上了车，先生掏出大前门，党委书记杨西光马上抢着递给他一包中华。中华牌香烟那时候市场没有供应，杨西光不抽烟，先生事后回想起来才明白，杨西光知道要抓他，特地给他带上一包烟。当晚，先生被宣布逮捕，押入建国西路第三看守所。

先生晚年写回忆录《狱里狱外》（上海远东出版社，一九九五年；香港天地图书公司，二〇〇一年），能生敢死凛然之气贯穿始终，笔致却是落在具体生动的人事上，微物如香烟，也一而再、再而三地出现在对严酷生活的叙述中。譬如入狱之后，“一夜无眠。监房里没有香烟，口袋里杨西光送的那包中华牌也早已抽完了。我翻身起来，心底里涌上了一种意欲惹事的恶作剧感。

于是邦邦地敲打着靠走道墙一边的那一扇门上的小窗口。一会儿，值班的解放军看守跑过来，开了窗口上面的小门。我大声吆喝道：‘拿香烟来！’他没作声，关了小门，等了一会儿，回来，递进来三支烟，三根火柴。一会儿抽完了，我再次敲窗，又向他要了三支。当我第三次敲门吆喝‘拿香烟来’时，他开始显得不耐烦了。可是我也嫌麻烦。我说：‘你给我一包吧，省得你跑来跑去的，你放心，我绝不会去自杀！’他这时已摆出一副冷酷的专政面孔，把声音也提高了，训斥说：‘一〇四二（这是我的代号，从此贾植芳的名字消失在我的生活史上长达十二年），我是来看管你的，不是你家的用人！你知道你是在什么地方？！’我也不示弱，大声说：‘我怎么知道这是什么地方？’他说：‘哼，那你是怎么进来的？’我更火了，把一肚子怨气怒气全朝那个看守身上泼。我对他说：‘又不是我自己要进来的，是你们把我抓进来的，你怎么倒问我？’”

监狱里关押十一年之后，才判刑；又押回原单位复旦大学的印刷厂“监督劳动”，近十三年。重体力劳动，间以批斗，是日常生活。先生在《上海是个海——我在上海的生活史》中这么写道：“那时候我为自己定了些规矩：平时我抽八分钱一包的‘生产牌’香烟，每次挨批斗以后，我就花一角二分钱买一包‘勇士牌’香烟；我一般只吃几分钱一顿的菜，每次挨批斗之后，我就买一块一毛四分钱的大排或者一毛三分钱的大块肉吃，自己犒劳自己。”

我第一次见贾先生，是读本科时候，已经到了八十年代后期。北京大学的王瑶先生来，在第四教学楼有个讲座，贾先生是主人，陪坐在讲台上。这两位山西老乡坐在一起，很有意思。王先生抽烟斗，贾先生抽纸烟。我对贾先生的第一个印象就是，吸烟的频率极快，一口接着一口，而且抽完一支，接着就点上另一支。大教室里人多，我坐得不够靠前，却特意看了一下，贾先生抽的烟，是黄盒子的凤凰。

三

先生去世十年，我没有写过一篇怀念文章。

十年里，只梦见先生三次。

第一次是先生离开没过几天，我看见先生在光华楼的走廊里，脚步轻快，手杖提在手里，而不是用来拄在地上。先生在世时，出门必带手杖，却习惯了走得快，常常是提着手杖走。我请先生到我的办公室，坐在椅子上，然后泡一杯茶，点一支烟。

过了好几年，第二个梦：桌子上一本崭新的书，大方精美，我仔细看暗红色封面上的字，《悲哀的玩具》。我问，这是重新出版的吗？有一个声音说，对，重新出版的。

醒来我想起关于这本书的事。那时候我已经跟先生读研究生了，北岳文艺出版社要给先生出一本作品选，先生投入热情编好，等了好长时间，一九九一年末，书终于印出来，却删掉了好几篇，而且印制粗劣，扉页裁得短了一截。先生就是在这短了一截的扉页上，给我题签，钢笔尖划破了纸。

第三个梦是最近做的，也许是因为读了宋明炜文章的缘故。宋明炜回忆起他是“小小宋”的时代，有一天陪先生在第九宿舍区散步，迎面碰到一个老教授，亲热地问候，贾老怎样怎样。分开后，宋明炜听到先生说：坏人。我比明炜在先生身边时间长，先生说谁谁是坏人的神情和声音，没有含糊的余地，给我至深的震惊感。我的这个梦前面模糊，最后却是清晰坚定的：先生指着一张脸，这张脸转来转去，转过去的时候是谄笑，转过来的时候刻了两个字，“岸然”，字上还涂了金。先生说：坏人。

先生离开十年了，十年里这个世界的坏人没有减少，这个世界也没有变得更好。这样的话，其实是不必向先生说的，先生哪里会不清楚。就连当年懵懂的我，也逐渐学习辨识投机、伪善，辨识恶。先生曾经告诉我的那些坏人，我用后来的时间验证，我在后来的人中间认出他们的同类。也正因为对恶的认识，才更能感受善，认识善。这个世界不仅需要更多的善，而且需要善的坚韧和勇敢，善的智慧与力量，以抗衡和搏斗。

二〇一八年四月二十六日

点滴

——悼念章培恒先生

办公室斜对面的屋子里，几个学生在无声地叠纸鹤，叠好了的放在桌子上，已经摆成白色的一片。我看了一眼，又看一眼，不忍再看，就关上门，默坐着。想起就在前不久，中午在学校餐厅吃饭，碰见郑利华教授，向他问起章培恒先生的近况。郑利华是章先生的学生，常常陪侍，我已经不是第一次向他打听章先生的病情。这次他说，和章先生聊天，章先生开玩笑道，张新颖说请我吃饭，到现在还没有请。我听了，仿佛可见章先生其时的语气和神态。这个玩笑让我很开心，我想着，既然章先生还记着这回事，那等他病情缓和，能够出来吃饭时，我就真可以放下怕打扰的顾虑，好好请他。

等来的是去世的消息。

我入大学那年，一九八五年，章先生是系主任，给新生讲话，别的都忘记了，只记得一个意思，就是，中文系是培养文学研究人才的，不是培养作家的。对于一群刚刚高中毕业、怀抱文学梦想却什么也不懂的我们来说，多少有点当头棒喝。不久章先生就不再做系主任，也没有给我们这一级上过课。没上章先生的课是很遗憾的事情，以至于很多年以后，我重回复旦读博士的时候，还跑去听章先生偶尔给本科生开的讲座。

章先生多次讲过，他一生所学，主要得益于三位老师，朱东润先生、蒋天枢先生、贾植芳先生。我做了贾植芳先生的研究生后，就有很多机会接触章先生，这样的机会，又大多是在饭桌上。贾先生家里酒席常开，围坐的是老中青几代学生，随兴谈笑，海阔天空。有一年最后一天的傍晚，我去看贾先生，刚坐下，章先生来了。这天再没有别人来，饭桌上不是我见惯了的热闹，章先生缓慢地喝绍兴酒，缓慢地说话，贾先生不停地抽烟，偶尔拿起杯子喝一口。我安静地看着他们，心里异常感动。

章先生自己也喜欢请客，邯郸路国定路口的小饭店红墙、蓝心，有几年是常去的地方，直到饭店拆除。章先生喝酒是有名的，常常意犹未尽，约好一群人第二天再来。要说我欠章先生酒饭，那可不止一次两次。

按说这样就该熟起来了；其实并不，我心里对章先生始终是敬畏的感觉。我向他请教过关于鲁迅、关于周作人的问题；离开学校工作以后，还曾到他家里，听他谈武侠小说。我有时候会想，章先生以古典文学研究为业，可是与不少专门研究古典文学的人比起来，不像他们那样看不起现代文学，原因或许特别简单，就是他懂现代文学。就连武侠小说，我一度迷过，可也远远没有章先生读得多。后来听葛兆光先生说，章先生和他比武侠小说谁看得多，拿最烂的来比，互相问看过没有。

有一次陈映真来上海，陈思和老师请饭，特意邀章老师主陪。陈老师大概看出我些微的疑惑，就说，他们两个人有相通的经验，能谈起来。为了交流便畅，这一餐就四个人，我基本不插话，陈老师也说得少，章老师和陈映真两人果然聊得兴致很高。他们的交谈让我想起王安忆的一篇小说，以陈映真为原型，《乌托邦诗篇》——我感受到他们相通的经验里的一种特质，倘若一定要说出来是什么，或许可以借用这个小说的篇名。

另有一次，记得是上个世纪九十年代初，某天晚饭后从贾先生家里出来，走在国顺路上，我问章先生："《全明诗》什么时候能编完啊？"

章先生主持《全明诗》的搜集、整理、编纂，规模巨大，他的要求却极为严苛，一丝不苟，那时候刚出版了两册还是三册。章先生的回答让我心里一震，现在回想起来还是震撼："恐怕到我死的时候，还没有编完。"

年轻如我，真的很难想象和理解，一个人会那么严肃认真地做一件在有生之年不能完成的事情。

我硕士研究生毕业的时候，工作落实得晚，研究生院的人说，因为我是从山东来的，档案已经寄到了山东省教委，应该回山东找工作；我要留在上海工作，必须先征得山东省教委同意，拿回档案。我实在想不到还出了这样的事。章先生听说后，让人带给我一封信，信是写给山东省教委一个熟人的。拿到章先生的信我非常意外，我根本没想到跟章先生说这样的事，更想不到要为这样的破事麻烦章先生，也不知道章先生有这么一个熟人。

后来这封信没有用上，因为我的档案根本就没寄到山东省教委，那边的人说你要在上海工作根本就不必他们同意。我这才明白，是研究生院为了早早完成他们的分配工作，要早早把我打发走。应该感谢他们，使我有了章先生的信，保存至今。

一晃很多年过去，我已经不再年轻，倒是一点不觉得章先生老。不幸的是章先生罹患癌症，反反复复地治疗，遭受长久的折磨。章先生生病之前，从早到晚都是在办公室，连吃饭也常常是钟点工送来；病重之后，就只能在家里和医院之间进出。偶尔见到他几次，谈起自己的病，他总以特有的幽默，开开自己的玩笑。

《中国文学史新著》就是在重病期间完成的。

章先生坚持出席了这部著作的专家座谈会，那是二〇〇七年十一月吧，却只能坐一段时间，就不得不离席。我受邀参加座谈会，心里很清楚，哪里有这个资格；章先生抬举，我又怎能不来。发自对章先生的敬仰，我谈到阅读时一种真切的感受：章先生固然是一位主要精力用来研究古代文学的学者，但是我觉得这部书是强烈体现现代文学精神的中国文学史著作。章先生为什么对人性和人性的发展“耿耿于怀”呢？我觉得这里面有二十世纪的中国人、几代中国人艰难挣扎的痕迹在。从这个角度讲，这部书不仅仅是研究中国古代文学史的著作，它本身即是一部现代的文学著作，因而也是中国现代文学史的一个重要组成部分，也会成为后世研究今天的对象。我还说，这部文学史的雏形，应该是课堂上的文学史教学。有个性、有自己想法的文学史教学，是复旦的一个传统，在这样一个传统里面诞生这样一部文学史，是顺理成章的事情。

但顺理成章的事情做起来仍然困难重重，不身在其中，总难体会。现在章先生走了，该是轻松了吧。倘若章先生能够对自己的此去说点什么，他会不会还以那特有的语气、神态，再开个玩笑呢？

二〇一一年六月九日

写在废纸上的《洪昇年谱》

二〇〇八年春天，在东京神保町一家旧书店，我意外看到一本《洪昇年谱》，惊喜地赶紧拿在手里。这部著作是一九七九年二月上海古籍出版社出的，印数三万册，可见当时的影响；也可做一个例子，见证时代经历了长期的荒芜之后对文化学术的普遍饥渴。

我不够格做这本书的专业读者，它在我的专业之外；但我心里存着一个问题，很想知道这本书是在什么情形下，如何写成的。跟贾植芳先生读研究生之后，有很多机会接触章培恒先生，回想起来，无论是吃饭喝酒的热闹场合，还是我单独拜访请教的时间，他从未提起自己的这本书，而我也从没问过他写这本书的事。

书的前言有二十九页之长，只是在最后写了这么一笔：“本书写于一九五七至六二年间，当时我在蒋天枢师严格的、富于启发性的指导下，刚开始从事古典文学的研究”。章先生本科毕业留校，第二年开展反胡风斗争，他因与贾先生的关系被卷入，开除党籍，安排去图书馆工作。一九五六年回中文系任助教，系里指定蒋天枢先生为导师。许多年后，章先生写《我跟随蒋先生读书》，叙述读书、校点、写作等方面的受教，而关于《洪昇年谱》，没有片言只语；他特意记下了蒋先生这么一句话：“你在去年受了些委屈，但不要背包袱，好好地读书。”

章先生去世后，学生辈为纪念他编辑出版《薪火丛刊》，第四卷（复旦大学出版社，二〇一七年）有江巨荣老师的文章《不尽的思念——为悼念章培恒先生逝世六周年而作》，披露不为人知的往事，读来令人震动。

一九六六年，章先生拿了一大包东西给江老师，江老师回宿舍打开，原来是《洪昇年谱》手稿：

令我惊异非常的是，全部手稿都是用零零碎碎的边角纸，一条一条，大大小小，长短不齐地粘在劣质的学生常用的练习本上。这些纸条中，竟也有一些常见的香烟壳纸。这些壳纸，或原样，或剪裁成长条后，粘贴在几本不同大小的笔记本上。在这些香烟壳纸上，密密麻麻地写着章先生抄录的各种古籍资料。练习本上则著录着与洪昇相关的历史年月和社会大事，以及谱主的生平事略。……

当时最触人心境的是，先生不抽烟，怎么会收集并用这么多香烟壳纸来写他的书，抄他发现的文献？只能有一种解释，就是当时的贫穷，就是艰苦。我还清楚记得，当时他用的笔其实也是只有几分钱一支的简陋的圆珠笔，因为留在纸上的字，有时明显写不出，有时又漏着笔油，只有那种最便宜的笔才这样。

一九六九年，复旦的工宣队发动全校大规模、连续两天的抄家，手稿还在江老师那里，倘被抄出，至少可以作为“封资修”处置。“在这种情况下，我当然也不能把它交还先生。如果从先生那里抄出，一定是罪加一等。”他把手稿和几本书捆在一起，放进纸箱，再放上几件杂物，听天由命。万幸的是，抄家的人没有打开纸箱，只是在上面贴了两张封条。“等到风浪已过，章先生的生存环境已经改变，我才把这部手稿完整地交还先生。这是先生本身的洪福，我只是侥幸没有闯祸而已。”

三十多年前，江巨荣老师给我们上过明清文学史，课堂上只讲正题，不扯闲话。没有想到，江老师心里还藏着这么一段往事，年近八十岁时写了出来。文章里说他从未对人说起此事，直到三十多年后才因偶然的机缘，告诉过章先生的两位学生。

二〇二〇年六月二十五日

怀念夏仲翼老师

夏仲翼先生辞世。五月二十八日早晨在朋友圈看到这个消息，几天来头脑里都是夏老师的身影、动作、声音。

一

夏老师给我们讲“外国文学史”课时，五十六、五十七岁，这是现在从他出生于一九三一年来推算的，当时，我们这些二十出头的学生哪里会注意这个。他走进教室，常常气喘吁吁——从市区赶到学校，路程不近——微胖的身体在讲台上站定，把一个大手提包放到讲桌上，拿出眼镜盒，取出一副眼镜，换下戴着的眼镜。我们曾经津津乐道夏老师开讲前一副眼镜换另一副眼镜的标准程式，赋予它审美的意味，却从来没去想其实是老花镜和近视镜的换来换去——我们粗略地把老师分成年轻教师和老教师，依据只是一眼看上去的感觉，有的老师不到五十岁已经被我们认定为老教师——夏老师似乎超越了这个划分，我们没往这方面想，而是被别的东西吸引住了。

别的东西是什么？没人说得清。据说女生们称夏老师为“我们的罗切斯特先生”；男生里居然有人研究起夏老师的穿着，他常穿夹克，看上去和普通的夹克没大差别，但就是不一样。还有同学猜测夏老师念过教会学校，但苦于没法证实。总之，我们对夏老师充满了方方面面的好奇，实际上却几乎一无所知。

这份好奇当然是由夏老师的课堂引发的。一九八七年下半年和一九八八年上半年，夏老师给我们上了两个学期的课，每周三个学时，从古希腊讲到十九世纪末二十世纪初。那些年，我们还处在不知天高地厚的青春躁动中，夏老师的文学史课，却让我们不知不觉中沉浸到广阔而绵长的丰富世界。

我们那时候就觉得，何其幸运，遇到这样的老师。后来我读研究生，陈思和老师告诉我，他的外国文学史就是夏老师上的，从他们七七级开始，夏老师就一直给中文系开这门课。我这才反应过来：幸运的不单单是我们这个班。夏老师坦言，喜欢给中文系上课。我并不清楚夏老师给中文系上课结束于哪一年，有多少级学生幸运受益；只知道有相当长的时期，中文系的老师到外文系讲中国文学，外文系的老师来中文系讲外国文学，是惯例、常规，中文系好多位老师给外文系上过课，外文系似乎只有夏老师来中文系上文学史。

我们八五级的课，最受欢迎的，之前有二年级骆玉明老师讲的“中国古代文学史”，一个学期先秦两汉，一个学期魏晋南北朝；三年级遇上夏老师，就又增加了一门。这是很奇妙的事情，两位老师风格大不相同到形成强烈反差，而我们都沉迷其中，大受激发，实在是开了我们的眼界，拓展了我们对文学、知识、学问的理解。我的一个同学多年之后回忆起来，说得层次清楚：听这两门课，是大学时代最美好的时刻；美好都美好，却是不一样的美好，重要的是，我们不仅经历了美好，而且经历和懂得了不同的美好；这两种不同的美好，仿佛处在摆荡的两极，反差越大，美好荡开的幅度就越大。其实当年，我们私下里就议论过两位老师的鲜明特色。骆老师讲课，风烟浩荡，波涌浪激，我们一动不动端坐课桌前，内心却一次一次经受震动，不断地惊奇、惊喜、惊醒，也暗自警醒。夏老师呢，声调温和，语速舒缓，言辞平实，讲了一年课，没有一句惊人之语；也绝口不谈课程之外的内容，不谈自己，没有东拉西扯的闲言。那么，我们是被什么吸引的呢？就是他讲的文学史和他的讲述方式。譬如，某种文学样式（体裁、类型）的兴起、繁盛、衰微，他能讲出漫长时间里的运动和过程，简单地说，他能讲出“史”来。我印象深刻的是，他几乎从不认为后来不见了的文学样式是消亡了，他从后世新兴的样式中发现了吸收、转化和旧样式改头换面或脱胎换骨的重生——而这，也是讲出“史”来。至于他的讲述方式，我只能用老话来传达个人感受，春风化雨，润物无声，庶几近之。

夏老师的课，教室里总是早早坐满了人，等待着上课铃响。要知道，我们读书那会儿，逃课是再正常不过的事，不仅逃，而且逃得理直气壮。有一门课，老师正讲着，最后一排站起来一个同学，他要出去本可以走教室后门，可他不，偏偏从最后面沿着走道一步一步往前走，皮鞋跟钉了铁钉，一下一下敲打着大理石地面，清脆响亮；走到讲台边，转弯，从前门扬长而去。这就有点像抗议了，抗议老师讲得不好。我自己也是一个逃课的学生，逃得有点多，超过一半吧，但确有几门我是一次也没逃过，夏老师的课当然不用说，每次还都不由自主带着点儿兴奋去占位子。有一天晚上，两个同学在宿舍里起了争执，动了手，一个打破了另一个的头。我们送受伤的同学去长海医院急诊包扎，等处理完回到学校，天已经亮了。我忽然想到上午是“外国文学史”，就没敢回宿舍，怕回去躺下睡过头，而直接去了教室，等待一个半小时后夏老师走进课堂。

期末考试，不作惊人之语的夏老师出的考卷，却使我们每个人都大吃一惊。题型不过是名词解释和论述题，题目也没有奇怪的，可是总量超常：名词解释竟然有四十个！这么大的规模，这样细的密度，几乎没有遗漏任何重要内容，所以这门课的考试不存在侥幸的可能性。三个论述题选两个，直到现在我还清晰地记得我选答了一个中世纪文学的题目，因为有点挑战性，还因为听课的时候特别注意到夏老师所讲与通常评价的不同之处。

后来才慢慢想通，夏老师的考卷，与夏老师的课堂一样：宏阔，但绝不空疏；丰富，但绝不散乱；要清晰，要细致，要平实，要落到具体。所以夏老师的课给我们的，就有总量和密度，超过通常课程的总量和密度。

（过了三十多年，我才偶然得知，竟然还有另一份考卷，与夏老师四十个名词解释的题量“媲美”：施蛰存先生“文革”后招研究生，专业基础考试，五十个名词解释，选四十个！）

“外国文学史”两个学期的成绩，我得的都是优秀，心里真是高兴。我们那时候不像现在的学生这么在意成绩，也不计算什么绩点，我自己的本科课程大多是良好，还有几个中等，很少有优秀，得了优秀也不觉得怎么样；可是夏老师课得优秀，觉得不一样，过了三十多年，想起来还是高兴。

夏老师的课结束于陀思妥耶夫斯基和托尔斯泰，而俄罗斯文学正是他专长的领域，对伟大作家的精深讲解把课程停留在高潮的部分。我们又激动又遗憾，遗憾的是我们没有听到夏老师讲二十世纪的现代主义，在八十年代前面几年，他发表了关于现代主义的系列文章，但开风气，却在后来现代主义逐渐热起来之后退隐；我们还想听他讲二十世纪西方文论，他讲陀思妥耶夫斯基的时候给我们谈了巴赫金的复调理论，我们后来才知道，他是最早介绍和翻译巴赫金的人。

二

一九八九年我读本系研究生，特意去外文系查了研究生课表，果然发现夏仲翼老师开的专题课，“欧美小说艺术研究”，于是我又有了一个学期的美好时光：不同于本科时的大课堂，这回是一个小教室，七八个外文系的，加我一个中文系的旁听生。

我跟贾植芳先生和陈思和老师读比较文学专业，因此有时会在贾先生家里碰到夏老师。贾先生家里常有聚会，一次章培恒老师和夏老师同在，两个人喝得高兴，大有一醉方休之势。章老师喝酒的名声与学问的名声一同流传，我们都知道，我却是第一次见识夏老师酒量之大，连章老师都自叹弗如。夏老师是醉不了的，他自己说喝酒没有特别感觉，因此反而羡慕章老师的杯中兴味之强烈。

一九九二年，我毕业，以《论台湾〈文学杂志〉对西方现代主义的介绍》提交答辩。贾先生说，请夏老师。初夏的一个晚上，我搭出租车去武宁路，走进夏老师的客厅。整洁的房间里有一样东西使我大感意外，那是一张黑白的照片，夏老师穿军装，戴军帽，端庄严肃。说起来，我才第一次知道夏老师的经历，但也极其粗略，夏老师语气平淡地简单告诉我：他一九四九年考入教会学校沪江大学，读社会学系；一九五二年高等院校调整，沪江部分系科并入复旦，他入外文系，改读俄文专业，一九五五年毕业留校任教；一九六三年应国防人才培养需要，调往张家口解放军技术工程学院（解放军外语学院前身）担任俄文教员，那张照片就是在张家口期间拍的；一九六九年复员回上海，做了八年产业工人；高校恢复招生后，一九七八年重返复旦外文系执教。我和我的本科同学当年对夏老师做了种种胡猜乱想，却怎么也没猜想到这样的经历。经历的具体情形怎样？对夏老师意味着什么？他没说。

房间靠墙放了一台四通文字处理器，个人电脑普及之前用于写作的新工具，夏老师说，用这个很方便，特别适合做翻译。他还给我演示了一下。

我的答辩就在贾先生的书房兼客厅里进行，两位导师，三位答辩委员，一个学生，围坐在那张熟悉的小圆桌边。结束后，小圆桌摆上贾师母准备的菜肴，大家喝酒，闲谈，然后散去。

之后我到《文汇报》工作，有一年章培恒老师和夏仲翼老师合开一门课，两人同上讲台，做“中西文学比较”的对谈，新老学生奔走相告，搞得我这个离开学校忙于应差的人徒生羡慕。

工作的关系，偶尔在一些活动中遇见夏老师，上前问好，简单说几句，就没有别的话了。退回到自己的位置，隔着许多人望向夏老师，冒出一个想法：这样的场合，因为遇见老师，对我个人才有了工作之外的意义。

三

一九九六年我又回复旦，读博士，一年后动笔写学位论文《二十世纪上半期中国文学的现代意识》。写到第四章《中国新诗对于自身问题的现代焦虑》，论及戴望舒，说诗人的挫折感和失败感在他的诗作中整体而言没有得到充分表达，但有时也会触及掩盖着的绝望的深渊，这就要求有心读者的体会。“譬如，《望舒草》里有一首《秋蝇》，只为个别论者所注意，却为我们提供了戴望舒结合中国古典诗境、西方象征主义诗艺、个人现代感受而融化无间的一个绝好的例子。”——我这里所说的“个别论者”，既非研究中国现代文学的学者，也不是独擅中国新诗的专家，而是一位外国文学研究者和翻译家，夏仲翼老师。

夏老师在《戴望舒：中国化的象征主义》中对《秋蝇》做了精细的分析，揭示这首简短的诗所展开的繁复的层次、繁复的主体视角和变化着的知觉，借秋蝇奄奄一息的感觉描述一种越来越无力、越来越无望的生存状态。“一个在繁乱杂沓的世界里被折磨得筋疲力尽的人的生存状态，自我感觉趋向死亡的感受，全部是用象征的手法表现的。”戴望舒化用“无边落木萧萧下”的意境作为反复出现在主观视觉里的映象，但“象征主义手法用到这样的规模，早就不是中国古典诗词里古已有之的样子了”。我把夏老师的分析复述、引用到论文里，其实更重要的是，我通过这样的分析才理解了戴望舒，不只是这首诗，而是通向他整体的诗作和人生。以后我做老师，开“中国新诗”课，讲戴望舒一定讲《秋蝇》，讲法基本就是夏老师的讲法。

一九九九年，我和段怀清同期提交论文，陈思和老师说，答辩会要请好老师。我们的答辩委员会由贾植芳教授、钱理群教授、夏仲翼教授、谢天振教授、王晓明教授五位先生组成。夏老师六十八岁，比以前瘦了一些，更显精神。他谈到我论文的最后一章时，有些兴奋。这一章题为《学院空间、社会现实和自我内外——西南联大的现代主义诗群》，涉及的人物，后来大都成为外国文学研究界的重要学者，支撑起了这一领域。夏老师当然熟知他们的成就和学术地位，在我的论文里看到对他们年轻时代读书、思想和创作的描述，自然生出亲切的兴趣。他说我的归纳使文学这一阶段的面目呈现得更为清晰。我很受鼓舞，但不觉得太意外；使我意外的是对整部论文的评价，夏老师是从阅读感受说到论文写作的：这么长篇幅的论文，从头读到尾，没有疲惫和松懈，由此可以感知写作过程中思想一直处在紧张、活跃的状态，语言带着鲜明的色彩感，笔力一直保持充沛，中间没有疲沓，到最后也没有衰弱的迹象，反而更加自如灵动。夏老师说博士论文不可能一气呵成，但这部论文文气贯通，给人以一气呵成的印象。我听着讲评，内心异常感动，这当然是至高的奖誉，但最使我感动的是夏老师体贴写作、体贴作者的“同情之理解”的深切。

夏老师也批评论文的不足，我注意到这个时候他的语气和用词：“似乎”还缺少一个结尾的章节，“好像是应该”将前面的叙述作一个总结性的论断。

四

二〇一七年五月初，收到理想国的朋友寄的一包书，打开来，一眼看到《鱼王》：这本书出新版了。大学时代，我们读上海译文出版社出的这部小说，起因是它的译者，夏老师主译，在此之前我们并不知道作者阿斯塔菲耶夫。新版开本变大了，书变厚了，序言还是夏老师一九八二年写的那篇，已经过了三十五年。

我在重读其中《白色群山的梦》的过程里，产生出一个念头：想找夏老师聊聊，如果有可能，做一个长篇访谈，谈谈他极少谈论的自己，谈谈他这一生的方方面面。年轻时候的好奇和疑问重新涌来，又比年轻时候更能感觉到分量。我联系了两位外文学院的朋友，似乎马上要做这件事——然而，拖了下来，一拖再拖，直至拖成无法挽回的懊悔。

二〇二〇年十一月，复旦外文学院与上海翻译家协会在夏老师九十岁生日那天举办“夏仲翼教授外国文学翻译及研究学术思想研讨会”，我看到消息，微信给现场的朋友，说我从夏老师受到的深刻教益。午间吃饭的时候，朋友给夏老师看了这段话，夏老师说：那我收下这个赞美和感谢。

夏老师去世，我能够写下的，也只有感激和怀念——一个中文系的老学生，在复旦求学的不同阶段，每一个阶段都给予了我丰富启发和入心激励的，本系的老师之外，只有夏老师一人。

而我，只不过是许许多多从夏老师受教而感念无已的学生中的一个。

二〇二三年六月三日

骆玉明老师

复旦版《中国文学史》热销，很多人不明所以。那时我在一家报纸供职，一次大型书展前，不少老同学打电话来要入场券，我心里颇感诧异。毕业多年，跌打滚爬，该忙的事多着呢，竟忽然一本正经地操心起逛书展来。看来生活得不错，闲情逸致，高雅品位，中产阶级……心里还没嘀咕完呢，电话铃又响，我不禁问道，要买什么书呢?《中国文学史》呀！我这才有点明白。后来果然我的一位同学告诉我，《中国文学史》都被骆老师教过的学生买走了。

这当然是不能过于认真的闲谈，但从中也多少可以想象骆玉明老师讲课的魅力。这种魅力不玄乎，很实在，实在到使听过他的文学史课的人，毕业多年以后会去买一套他是主编之一的文学史著作。

我们上大学那年，是一九八五年，到一九八九年毕业的这四年间，正是思想放得开、行为也不免放肆了一些的时期，即以逃课论，是相当普遍的现象，中文系尤其如此。我们那时候逃课，多少有些理直气壮的意思，它成了反抗枯燥乏味、僵化教条的一种方式。现在回想起来，这种方式显然受到了那个时期整个时代风尚和思想潮流的鼓励，刚刚开始长大成人的我们，正是靠了诸如此类的方式，来表达我们正在形成的个性中的叛逆成分。那个时候的课堂情形，反差很大，有的课逃掉一大片，有的课却坐得满满当当。骆老师的课，一个学期从头到尾教室都是满满当当的。很多学生认为，骆老师站在讲台上的时候，最有风采。他把切己的生命体验融入丰富的知识学问之中，通过具体的文学作品，使得已经死去了的历史、人物复活过来，歌哭谈笑，淋漓尽致，仿佛那一切就发生在我们中间。

一位当年的女学生，后来成了某地晚报的名记者，《中国文学史》卖得轰轰烈烈的时候，写了一篇文章，说当年骆老师上课，手里拎着两根油条，就走上了讲台。骆老师受了冤枉，拜托别人去问罪，要问清楚到底什么时候拿着油条到了课堂上？那女学生退一步答道：即使没拿油条，那嘴角边至少也是带着油条渣的。天地良心，骆老师大概压根就不吃早饭的，至少我敢保证我听课的时候从来没见过这样的情形。我记得清楚的是，上课铃响，骆老师匆匆走进教室，常常一边喘气，一边道："昨天晚上读了一夜武侠……"

对年轻学生来说真是枯燥透了的古代文学，被骆老师讲得很迷人，课堂成了令人难忘的好时光。多年以后，学生们捧读《中国文学史》，还像做学生似的在上面画满红道道、蓝杠杠，我想那就真是在重温当年的好时光。

但有的学生读完之后，抬起眼来再看看今天的骆老师，心里却恨恨的：骆老师现在对整个世界都和蔼可亲，哪里还有一点当年愤世嫉俗的样子？我就听到一个同学对骆老师说道："要是你十年前就是这个样子，谁还会把你当作才子？"要是我们的骆老师不愿意让学生们失望，那他可就苦了：按照不少学生心里的意思，他应该落魄而不应该得志，应该笑傲江湖而不应该与世融融，应该做才子而不应该做教授（才子的职称，一般以讲师为宜），应该永远抽不带过滤嘴的劣质香烟而不应该像现在这样抽红塔山……

——这里我要表示一点个人意见：我很不喜欢“才子”这个词，更不喜欢它用到骆老师身上，它显得轻浮，而且会把骆老师类型化、标签化。而骆老师，对我们这些学生而言，是只有这一个的骆老师。比起这个意见，我私心里的感受还要偏激一些：每当听到有人把“才子”这个词和骆老师的名字连在一起——糟糕的是我常常听到——我会觉得骆老师受到了伤害，并因此而羞愧——为不能保护尊敬的老师避开一个词的伤害而羞愧。

我虽然是骆老师的学生，却不敢说懂骆老师的学问，所以只能这样胡说八道，要是得罪了老师和同学，请一定海涵。尼采说：“用三件轶事可以勾画一个人的形象。”且说尼采做得到的，我们未必做得到，但也不妨去试试。下面讲的，可全是真的。

骆老师过去的一个学生，发了财，请吃饭，说到现在读书清贫之类的话，问老师现在的学生中，是不是有人需要资助。哪里想到骆老师会当真，接口就说，你身上有多少钱，拿出来吧。那个阔学生话收不回去，只得把钱拿出来。骆老师把这钱自己再贴进去一些，分给了在座的几个学生。

一次骆老师说道："这么多年，我一次学术会议也没参加过。"我听了心里一惊，怕听错了，就又问了一遍。

常常说到前辈学者的个性和风采，不禁神往。骆老师多次慨叹道："复旦这么大，竟然没有一个飞扬跋扈的人。"有一个词组叫"茶话酒谈"，现在"茶话"多，"酒谈"少，人们怕熏酒气，"酒谈"还会愈发少下去，不妨把骆老师的这句感慨，就当作"酒谈"。

骆老师在日本九州大学讲学的两年期间，曾经因为一件好玩的小事，让人转交给我一封信，只一页纸，钢笔写满。未及细看内容，单单这笔迹，就仿佛又看到了当年课堂上骆老师的板书。由此想起骆老师讲的一个故事：他早先跟朱东润先生读书时，朱先生提醒，要练练字，否则怎么写黑板？朱先生的话说得很有意思：字要写得好一点；也不用太好，到郭先生那个程度就可以了。郭先生是郭绍虞先生，中文系的名教授说起来总是郭老、朱老这样排下来，而二老又都擅书法。我当时听这个故事，脑子里浮现的是，鲁迅、郑振铎合编《北平笺谱》，郑振铎的序就是郭绍虞先生手书制版的。

骆老师练字的方法，有点特别。他大概是嫌用毛笔太麻烦，练的是钢笔字，找来宋版书的影印本，照着抄写。想想也有道理，硬笔，转到粉笔写黑板，不需要怎么过渡。

骆老师的信提到在九州的生活，有几句话我觉得不妨抄在这里，以其文见其人：

> 到这里活得不坏。日本到处是山，我这里又靠海，很可消闲（这“闲”本也不多）。写信给许道明，说这意思，道明兄对我略施讥

刺，提起郭沫若在福冈如何云云（郭当年在九州大学读医，医读不好，转为救治人心了）。我岂能与郭先生比……又天生的穷，有几个小钱便觉不错，且最是不怕寂寞，所以容易觉得好。大抵街上无人白我眼，便以为是个好世界，浮泊着，可以拿古人的“萧散”来形容。

一九九八年四月二十日改一年前旧作

一个当代知识者的文化承担

一九八七年初秋，我和一个同班同学各自骑了一辆破自行车，从复旦东部宿舍穿过半个校园，到南区一个叫博士沙龙或类似名字的地方。校园中央食堂前的海报上，指示这里有个书展。找到一看，不过是学生宿舍底楼的一间屋子，只在中间放一张大桌子，桌子上摊着一些新出的书，品种当然不会太多，也没有几个人光顾。

在无数次买书的经历中，我清晰地记住了这一次。站在那张桌子前，有一种奇异的感觉，这种感觉搅得我不能平静仔细地看清到底有些什么书。这种感觉用质朴的语言表述出来，也许就是：有那么一些书，我不需要；但有一本书，此时，我特别需要。

我自以为与陈思和老师的缘分就是从这本书开

始的。

这本《中国新文学整体观》带给一个大二学生的阅读激动是很难描述的。

大学四年，陈思和老师没给我们班上过课。我一个人跑到高年级或低年级的班里，坐在课堂最后排的角落，远远地感受着从一个具体的人身上散发出来的知与思的力量。我从来没有向他请教过什么，羞怯的性格使我直到两年后才和他面对面地说话。

两年后我跟贾植芳先生和陈思和老师读比较文学，这才真正开始了师生间的交往。但第一次接触，却加重了我原本就有的敬畏之心。一九八九年五月的一天，贾先生和陈老师对我进行口试。我没想到陈思和老师的提问是一步紧逼一步往深里去的，好像不把我逼进死角，不肯再换一个问题。比如关于鲁迅，一连串的问题到最后只能使我胡言乱语。

但在这以后的日子，却使我充分感觉到陈思和老师是那种即之也温的典型。一九九〇年夏天，在贵阳召开中国比较文学学会第三届年会，我和陈思和老师住同一个房间。晚上聊天，结束不久，他很快就能入眠，而我却要辗转反侧好一段时间，第二天早晨照例爬不起来，不去吃早饭。醒来时正好看见他吃完饭回房间，手上拿着带给我的早点。

贵阳会议期间，每到吃饭，我们总喜欢凑到贾先生的那一桌，人都是熟悉的人，有谢天振老师、陈思和老师等等，再就是我们几个年纪轻的，轻松，热闹，无拘无束，欢声笑语不断，而那些笑声，多半是由贾先生引发的。一天中午，我们那一桌喝得兴起，把供应的酒喝了个精光，还意犹未尽。恰好前一天有人托我带两瓶酒回上海给朋友，陈思和老师就让我回房间拿一瓶来，先借用一下，回去后由他来补。我拿来，没过多久就又喝光了。他叫我再拿一瓶，我却没有服从。

陈思和老师那时酒量很大。我有一个观察，有时中午他在贾先生家喝了一点酒，下午去上课，往往脸有些红，讲起话来却愈加神采飞扬，自由挥洒，听的人也如饮佳酿，如沐春风。

遗憾的是现在陈思和老师不喝酒了。

在我的体会里，陈思和老师即之也温的温，主要根源于一颗温厚包容之心。别人不说，像我们这些学生，每个人性格上的弱点和缺失，他心里都很明了，却并不轻言相责，而往往是通过循循善诱的、可接受的方式，让我们自己意识到，让我们自己产生出自觉心，慢慢地加以克服。在对待与他人的关系上，他有标准，但没有“洁癖”。

有许多人为各种事找他，也有许多人不为什么事而找他，只是想和他坐在一起谈谈，有目的地讨论和没有约束地闲聊。从我个人的感受来说，这样的时候会带来极大的愉快，我仔细想过，这种愉快的根源是一种提升感。这种提升感超越任何具体知识。我时常想，我师从贾植芳先生和陈思和老师读研究生实在是一种很大的幸运，从他们那里，我获得的，根本上是人生感受和学术感受的提升。虽然我现在不是学问中人[①]，好像不应该谈到学术境界什

① 写这篇文章时，作者正在媒体任职。——编者注

么的，但我实在想说，没有境界的学术，是一件很让自己，也让别人难受的事。

但一说到学术，就容易产生歧义。在我的理解里，陈思和老师显然不是一个“纯粹”的学者，如果“纯粹”意味着把一个人的精神力量从学术中排除出去的话。十余年来，他研究二十世纪中国文学，提出“中国新文学发展中的现代主义”“现实战斗精神”“当代文学中的现代战斗意识”“当代文学观念中的战争文化心理”等等一系列命题和思路，一直到最近对民间文化与中国现当代文化、文学的关系重新进行发掘和梳理，都充分显示出一个从事学术工作的知识者的丰沛的精神力量。从“单纯”的学术层面来讲，由这一系列不断提出的命题所构成的“中国新文学整体观”的重大意义和价值，已多为新文学研究界所感知和认识，这一点不需要我在这里复述；但这一系列命题之所以能够产生巨大的冲力和深刻的影响，除了理念上的涵容，在平静叙述的文字背后，在严格的学术规范之中，实蕴含着知识者个人的文化情怀和现实关切。这一点较少为人道及，实质上它是与学术合二而一、无此便无彼的事情。陈思和老师论述近百年以来中国知识分子在社会变迁中的位置和文化价值立场，取庙堂、广场、岗位为描述基点，倡言在当下的现实中坚守岗位意识，这与他的学术研究本是一以贯之的，但多少令我惊讶的是，我隐约感到这种思想遭到两个相反方向的误解。我很遗憾地想，这其实主要是对知识者个人的精神力量的误解。社会学大师马克斯·韦伯曾著《科学作为一种志业》的名文，百口传诵，有人问他从事学术的目的，他回答道："我想知道我能承受得了多少。"我泛泛地称陈思和老师的学术研究贯注了一种精神力量，没有能力对这种精神力量进行具体的分析，但我分明感受到，韦伯所说的承受能力就应该是包含其中的。

个人研究以文字为媒介，因为印刷业，知之者众；陈思和老师的职业在教育，直接形式是口传，那就只有身受者得益了。对教育，他的热爱是难以言说的。他讲中国现代文学史，已经有很多年了，但每次上课前必备课，常常是上午的课，早晨四点多钟即起，找参考书，写内容提纲。我最初听到四点钟就要起床，非常吃惊，知识分子能熬夜基本算是通例，但熬了夜还能早起的，就没听说有几个了。我自己就是喜欢熬夜却特别害怕早起的一个。每次必备课，每课必与以前不同，所以这同样一个名字的课业，却有不少学生听了不止一次。有的人本科时就修过这一课程，到读研究生时还插到本科生的班里去听，可见其思想与智慧的魅力，同时也由此可见陈思和老师不断自我提升的品格。陈思和老师早在一九八五年五月即在《复旦学报》发表《中国新文学研究的整体观》，提出消除现当代文学之间人为的界限，把“五四”以来的新文学视为一个整体进行重新认识，我想，这一学术主张实与他从事的新文学教学有莫大关系，在不断重新修整的备课与重写文学史的理论见解之间，亦有莫大关系。我不妨这样说一句没轻没重的话：影响深远的“重写文学史”讨论，就他个人的思想来讲，并不始自一九八八年下半年《上海文论》“重写文学史”专栏的开出，实际是从陈思和老师重写他的备课笔记就开始了的。

陈思和老师对他周围的学生倾心倾力的关怀往往使身受者无以言谢。而看着自己所关心的青年人一步步地成长，他当然心感欣慰。他营造了一种很令外人羡慕的师生关系，在其中投射了具有提升伟力的精神能量。精神能量的循环流通在当代人间恐怕不是那么易得的，也正因此更加凸显了身受者的幸福感。

作为一个知识者，安身立命于学术和教育，并由此与现实社会构成一种有意义的关系，这未尝不是一件困难的事。但许多事也正是因为困难重重而愈见其意义。由此我不禁想提及一下陈思和老师在学术研究和教育事业之外的另一种文化实践，即对出版的参与。近几年，他与朋友为台湾和上海的几家出版社策划了几套影响至深的丛书，像中国文化名人传记丛书、“火凤凰”新批评文丛、“火凤凰”文库，以及一套未见标明策划者的《世纪回眸·人物系列》等，都是以一种实实在在的形式，把知识分子的精神和学术见解社会化。且不说立意高拔超俗，单是态度之严肃、工作之认真，实在也该使某些身居出版界的从业人员汗颜。要说困难，做这样的事倒真是有几乎克服不完的困难，有形的、无形的，一大堆。陈思和老师对此的体会却似乎很简单：做了也就做了。

陈思和老师作巴金传，以《人格的发展》为书名；我以为“人格的发展”也分明可见于他自己作为一个当代知识分子已经走过和还要走下去的道路。在他个人正在行进之时，我在周遭嘈杂不已的情景之中，在个人心浮意躁的状态之下，匆匆记下一鳞半爪，不但远不足以表达陈思和老师本人，而且也不能表达我对他的理解。这是连我自己也难受的事。一九八七年的初秋早就如逝水一般，我却希望还能再有那样雍容、单纯、与自己的本性相合相融的环境和心境，好使我能够把从陈思和老师那里感受到的，从从容容地说出来。

一九九五年六月十五日

民间的天地与文学的流变

一九九四年年初，两家颇具影响的文学（理论）刊物同时在第一期推出陈思和老师的长篇论文，即《上海文学》上的《民间的浮沉——对抗战到“文革”文学史的一个尝试性解释》和《文艺争鸣》上的《民间的还原——“文革”后文学史某种走向的解释》，两篇文章首尾相接，一气贯通，梳理出从抗战到当前文学发展中的“民间”脉络。文章一出，仿佛一下子打开了一个以往一直被遮蔽在黑暗中的文化空间，为真正突破以往文学史的写作模式打开了一个缺口；同时，它所包含的启发性意义也无法被仅仅局限于对中国新文学史的重新认识，它还关涉到文化史和思想史的相关议题。

我们自然而然地会想起八十年代中后期“二十世纪中国文学”和“重写文学史”概念的提出。特别是这两篇文章的作者又是一九八八年“重写文学史”“运动”的主要当事人和《上海文论》历时一年半的以此命名的专栏主持人之一。从一种普通的心理来说，许多人对“重写文学史”的实际成果已经有些急不可待，陈思和老师的这两篇文章虽然并不就是他写的文学史雏形，也并不代表他写作文学史的整体思路，但它所激起的反响仍然非同一般则几乎是可以预料的。

六月一日，由当年“重写文学史”专栏的另一位主持人王晓明主持，在华东师范大学举行了一次关于陈思和“民间理论”的“民间”学术讨论会。参加者以华东师大文、史、哲系的博士、硕士研究生为主体，还有陈子善、夏中义等一些老师，共近三十人。研讨会简朴、严肃、真诚，与会者经过认真的准备，发言时不乏咄咄逼人之势，对话中饱含唇枪舌剑的紧张和酣畅。

陈思和老师提出的“民间”概念，与当代西方学者常用的“民间社会”和“公众空间”没有瓜葛，它仅仅是指当代文学史上已经出现，并且就其本身的方式得以生存、发展以及孕育了某种文学史前景的现实文化空间。民间文化形态是指在国家权力中心控制范围的边缘区域形成的文化空间。陈思和老师从描述文学史的角度出发，把“民间”这样一个多维度多层次的概念限定在“来自中国民间生活世界的主体农民所固有的文化传统”这一范围内。它具备这样几个特点：一、它是在国家权力控制相对薄弱的领域产生的，保存了相对自由活泼的形式，能够比较真实地传达出民间生活世界的面貌和下层人民的情绪；虽然在政治话语面前民间总是以弱势的形态出现，总是在一定限度内接纳、体现权力意志，但它毕竟有自己的独立历史和传统。二、自由自在是它最基本的审美风格。这是任何道德说教都无法规范，任何政治条律都无法约束，甚至连文明、进步、美这样一些抽象概念也无法涵盖的自由自在。在生命力普遍受到压抑的文明社会里，这种境界的最高表现形态，只能是审美的，所以民间往往是文学艺术产生的源泉。三、它既然拥有民间宗教、哲学、文学艺术的传统背景，也就构成了独特的藏污纳垢的形态，因而要对它做一个简单的价值判断是很困难的。

在《民间的浮沉》一文中，陈思和老师论述了“民间在当代文学史上的地位”“民间文化形态与政治意识形态之间的关系”“当代文学创作中的民间隐性结构”等几个问题。他指出，二十世纪以来，学术文化分裂为三：国家权力支持的政治意识形态，知识分子为主体的西方外来文化形态和保存在中国民间社会的民间文化形态。这三大领域包含的文化内容随着文化格局的分化和组合而不断变动。辛亥革命到抗战，中国文化的三大领域基本处于割裂的状态，主要的冲突在国家意识形态和五四以来的知识分子新传统之间展开，而民间生活世界与民间文化传统的作用显然被忽视了。抗战爆发，中国的社会结构发生变动，民间社会逐渐被注意，它与国家的政治意识形态和知识分子的新文化传统鼎足而立的局面形成。

二十世纪中下半叶以来，由于文化的“三分天下”不能圆通和农民对知识分子传统的拒绝，国家意识形态不能不倚重民间文化来沟通信息，这就引出了一组矛盾：政治意识形态对民间文化的渗透和改造以及引起的一系列冲突。这种冲突几乎是与延安时代对王实味等人（代表知识分子文化传统）的清算同时进行的。既然政治意识形态需要让民间文化承担起严肃而重大的政治宣传使命，那就不可能允许民间自在的文化形态放任。陈思和老师把这种冲突划分成三个阶段，第一阶段是延安时代对旧秧歌剧和旧戏曲的改造；第二阶段是“赵树理道路”时期，一直延续到“文革”前夕；第三阶段是“文革”时代的样板戏和民间文化回归大地。从“五四”以来的文化“三分天下”到“文革”时代政治意识形态定于一尊，民间文化被置之死地而后生，以地下活动而存在，以后又成为新时期文学的两个源头之一。

饶有趣味的是陈思和老师对当代文学创作中民间隐性结构的洞察和揭示。他观察到这样一种现象：政治意识形态对民间文化形态进行改造和利用的结果，仅仅在文本的显性结构（即故事内容）中获得了胜利，但在隐性结构（即艺术审美精神）上依然服从了民间意识的摆布。比如《沙家浜》，其角色的模式原型是一女三男的民间结构形式，只是以往的江湖人物被安上了各自不同的政治符号。而在从沪剧《芦荡火种》到京剧“样板戏”《沙家浜》的不断改编过程中，政治话语也在不断强化；但是，即使到最后，仍然不能改掉阿庆嫂与三个男人之间的固定关系，因为没有阿庆嫂所代表的民间符号，就没有《沙家浜》本身，即使“三突出”理论甚嚣尘上，《沙家浜》真正的主角也只能是这个江湖女人。在《红灯记》里，可以看到“道魔斗法”的民间隐性结构起作用。这样的隐性结构在五十年代以来比较优秀的文学作品中都存在着，成为主流意识形态以外的另一套话语系统。陈思和老师还相当仔细地分析了民间隐性结构的破碎形态在五六十年代战争题材小说中的表现，又以赵树理等为例，进一步揭示出，民间隐性结构还能够在主流意识形态排斥它、否定它的时候，以自我否定的形态出现在文艺作品中，施展自身的魅力。

《民间的还原》试图对“文革”后的文学史的某种走向做出新的解释。文章指出，民间形态是新时期文学最初形成的两个源头之一，但是直到八十年代末，民间才作为一种自觉状态加盟文学史，在此之前只能以隐性结构出现在知识分子和公开的主流话语里。为什么会是这样呢？在新时期文学的前几年中，知识分子的精英意识独占鳌头。民间话语和知识分子话语从二十世纪之初就处于对立之中，一般说来，凡知识分子话语受到阻碍，民间就开始活跃，一旦知识分子形成了自己的话语空间，民间文化形态则重归大地深处，隐没在昏昏默默之中。

在这篇文章之前，陈思和老师在一九九三年十一月《上海文化》创刊号上发表《试论知识分子转型期的三种价值取向》长文，提出“庙堂”“广场”“岗位”三种意识，也是三种安身立命之所。当知识分子在本世纪被抛出了传统仕途以后，一直在寻找一个可以取代庙堂的场所，他们营造了一个符合他们理想的广场，以启蒙者的身份面对大众，而大众则以激情怂恿启蒙者。“文革”后的最初几年与“五四”时代相近之处，就是都有一个颓然倒塌后的政治文化空白，知识分子成功地占有了这空白，在上层的同情和大众的激情双重作用下争取自己的话语空间，于是一个新的广场就从庙堂与民间的夹缝中诞生了。直到八十年代末，知识分子的精英意识受挫，广场轰然倒塌，民间才得以还原文学。陈思和老师认为，民间在当代是一种创作的元素，一种当代知识分子的新的价值定位和价值取向。这种迹象在寻根文学中已经初露端倪，一九八九年以后的新写实小说里逐渐形成，代表作如方方的《风景》等；稍后的新历史小说、电影《霸王别姬》等都有民间话语和民间文化意识的体现。而真正的大勇者是直面当代人生，用民间取向来解释当今的人生问题，从张承志的《心灵史》、张炜的《九月寓言》这样一些用非现实语境来抒发当代情怀的作品中，能够感受到这种大气。这里似乎可以特别提及一下陈思和老师对《废都》的看法：这部小说之所以引起知识分子的反感，大部分原因不在写男女之欲失度，而在于贾平凹所用的语言违反了新文学传统能够容忍的审美原则；但我们似乎没有想过，《废都》的非新传统语言并非得自异人传授，而正是他从文化寻根时期商州系列小说开始一步步演变而来。贾平凹起先也是感受到现代白话语汇不足以表现他所寄托的美感，才退向传统，那时候他这么做，在批评界得到的好评如潮，直到他一步迈出了新传统的界限。陈思和老师说，“依我的想法，贾平凹既然走出了界，倒不妨走下去试试，也未必不能成其方圆。”《废都》虽有一股浊气，但它对政治话语和知识分子人文主义的反讽，对人生困扰之绝望及其表达方式，都显然得之于民间的信息，有强大的生命力。《心灵史》《九月寓言》《废都》虽然各取宗教（天）、自然（地）、世俗（人）为具体的价值取向，但是同样体现了与政治标准和知识分子人文标准相区别的另一种价值标准。

六月一日华东师大的讨论会上，王晓明的开场白简洁明了，他说，这实质是一个理论作品研讨会，它不同于创作作品研讨会，因为创作作品是已经完成了的，而一个新理论的提出还有一个不断完善、发展的过程。王晓明又说，提出这个理论的当事人大老远跑来，不是来听赞扬的，希望发言者能直率地提出自己的疑问。

质疑主要来自两个方面：一、在知识分子边缘化的现实文化情境中，民间理论的提出是否含有“打击”精英文化的意思？是否暗合某种社会潮流，有媚俗之嫌？二、民间概念应该属于文化史的范围，以它来解释文学史，必须有一种过渡到文学的中介，否则其结果还是“文学”史吗？

陈思和老师坦诚地谈到了自己近几年对知识分子精英意识的反省，对中国新文学的整体认识。对知识分子广场式价值取向的虚幻性的反省实质上带有很大的自省成分，反观中国知识分子走过的道路，并予以清醒的理性判断，不能简单地认为是“打击”知识分子，反倒有可能促使知识分子归其本位，尽其所能，更有效担当起文化承传和文化建设的责任。梳理文学史中民间文化形态的浮沉升潜、退隐还原，本身即不是一个单纯的“文学”工作，再说，一个世纪以来的中国文学，如果以“单纯”的“文学”眼光来看，恐怕很难看出个究竟来。三言两语难以说清陈思和老师的见解和思路，索性再列出与此相关的他早两年的两篇论文题目，以便有心人获得比较全面的了解：一篇为《“五四”与当代——对一种学术萎缩现象的断想》，一篇为《启蒙与纯美——中国新文学的两种文学观》，都收入编年体论文集《笔走龙蛇》（台北业强出版社，一九九一年）。

民间的天地进入文学创作的视野，参与文学史的流变，到世纪末又开始获得理论性的新解释，仅仅是这样的事实和现象，已经足以让有心人思量再三了；更何况，世纪之交有关于此的创作和理论上的新景观，正在不断展开的过程中。

一九九四年六月十四日

薪传

陈思和老师勤于著述，勤于做事——我有意把著述和做事分开来讲——但这里面有个奇怪的法则：文章不是写了一篇少一篇，事情也不是做了一件少一件；文章越写，发现想写、应该写的越多，事情越做，牵连出来的没做、应该做的也就越多。而且，往往还不是想不想、应该不应该的问题，它们纷纷逼到了眼前、手下，你要是能从此硬起心肠，置之不理，大概从此就可以多一点安闲。偏偏陈思和老师不是这样的人，那他的总是处于紧张中的生活状态恐怕就很难改变。尽管大多数时候他对自己的这种“命运”十分清楚，却也常常犯错误：他常常急着把手头的事情做完，好像做完就可以拉倒；结果呢，永远是那个奇怪的法则在起作用：事情才不愿意你罢手不干呢。

陈思和老师的学术研究文章很受关注，用不着我在这里复述了；他做的事，有些容易看得见，有些不太为别人所了解，我也不想在这里啰嗦了——只是想说，我所说的做事，指的是他作为（一）一个教师、（二）一个现代文化的研究者、（三）一个在当下的现实处境中自愿承担精神重量的知识分子，所做的未必形诸文字的那些事。一个人身份的自我认同有不同的方面和层次，但一个人是一个有机整体，这些不同方面和层次的认同应该贯穿起来，彼此间无隔无碍，能量相通，互相支持，流动不息，才可能避免成为一个狭隘的功能体，避免局促、枯竭和平面化，才可能造成大气象。这是我从陈思和老师身上体会到的很深的一点。

然而，精神力量的产生不可能仅仅是一个人自身内部调整、运行的结果，不可能完全是自我孤立地创生出来的。那么，它是从哪里来的？二三好友凑到一起，有时不免会议论到陈思和老师，其中颇难解释的问题是：他怎么能够不断地自我提升、不断地自我扩大？从他大学时代开始现代文学的学习和研究，到现在将近二十年了，说句很实在的话，二十年的时间足以淘汰一批人，也足以成就一些人。时间实在太无情了，十年前的弄潮儿十年后在哪里呢？与时俱进诚属难事。相对容易看到的是：这么多年来，陈思和老师在学术研究领域自我突破和更生的轨迹，以及知识分子意识的不断强化和作为一个知识分子的思想、工作格局的不断扩大；不是很容易索解的是：是什么支撑着他的提升和扩大？他忙忙碌碌的力量源头在哪里？

我并不是想好了答案才把问题提出来的，相反，提出问题是逼着自己做尝试性的探讨。

我看过台湾林怀民先生主持的云门舞集在上海演出的现代舞《薪传》，于我个人震动极大。我不懂现代舞，但《薪传》一下子就把我带进了人类绵延、悲壮的历史情景中，历史的绵延性、悲壮性体现在人类自身前仆后继、“薪尽火传”的历史行为和力量之中。

从艺术风格上来讲与《薪传》几乎正好相反的《九月寓言》唤起我几乎是同质的历史感受。如果说

《薪传》以强劲有力、幅度很大的形体动作突出了历史中惊心动魄的绵延性，《九月寓言》则是以舒缓有致、神采飞扬的诉说展示出历史长流的生生不息。我在评价张炜的这部长篇时谈到个人与历史的关系：生生不息事物的最深、最基本的内里都不是一个硬核，而是一个绵长不绝的流程，并且要流到自我的身上，还要通过自我流传下去。生生不息肯定不是孤立的个体的特征，它归从于一个比我更大更长的流程。让生生不息之流从自我身上通过，也即意味着自我的消融和归从，我不再彰显，因为我是在自己家里，我与最深的根基恢复了最亲密的联系。我不再彰显但我心安气定，我消融了但我更大更长。

绕了这么一个弯子，我大概已经表述出我的一点想法了。人是在历史的接续中获得自己的，也只有在历史的承前启后中才能获得精神力量和自我创生的精神资源。说到陈思和老师，这个想法可以说得更具体一些。基本上可以说，他是秉承二十世纪中国现代文化的精神成长起来的，他的专业又正好是现代文化（文学）研究，浸淫既久，体会自生。

这里需要强调的是，研究者和研究对象之间，并不是简单的主客关系，特别当所研究的又是研究者自身所处的这个世纪中国的文化和文学的时候，之间的关系就更为复杂。需要再进一步强调的是，在陈思和老师，是逐渐地、自觉地和中国现代知识分子所开创的新文化传统发生紧密的联系，有意识地使自己成为传统中的一环，不仅从传统汲取力量，并且在现实中传递为他所认同的精神的薪火。

问题紧接着又来了。新文化传统本身不过百年历史，内部又歧义矛盾丛生，对于当代的知识分子来说，它能否提供足够的支持？从一些人文知识分子的社会困境中，从他们自身思想和精神探索的艰难中，显然不能说背依这个传统就是足够的。也唯其不足、不够，才更显出历史和现实对知识分子的内在召唤，传统是需要人去创造的，人不应该设想自己处在历史流程之外袖手旁观，或者处在已经固定了的传统之后坐享其成。也正是当代的艰难和困境，揭示了薪尽火传的历史行为在当代的悲壮性。

在陈思和老师身上，这个世纪的历史和他所处的现实是贯通在一起的，我把这种情形简单地概括为：激活历史，承担现实。二者常常互为因果、互相表现、彼此启发和支援。

历史、现实、薪尽火传、悲壮性、知识分子等等词汇，在我们通常的使用中往往过滤掉了它们落实到日常生活中时必然具有的平凡、琐细的一面。我们不能只热爱抽象的概念而不肯踏踏实实做实在的事情；我们不能只愿意做痛快的瞬间殉道者而回避冗长的、艰难的精神探索和文化实践。一句话，我们不能做除了放言高论就无所事事的知识分子。陈思和老师是做事情的人，而做事情，除了要急着、赶着，也有很多时候急不得、赶不得，要把时间和力气都耗够了才行。我在陈思和老师身上发现了一种走路的品质：我时常见到他一个人走在路边，一步一步地朝前迈，每一步踏下去都很沉实；骑自行车的人从他身边赶过去了，驾摩托车的人从他身边超过去了，坐汽车的人从他身边掠过去了。

一九九七年一月二十六日

一个文学研究者的自主创生意识

陈思和老师是一个研究文学的人，按照通常的划分，他被称为现代文学研究者和当代文学批评家。对于这样的身份，人们的认识是不清楚的，不仅是一般人认识不清楚，自身从事文学研究的人往往也只能做出些模棱两可的解释，解释中隐含着自我确认的尴尬：似乎这样的身份和工作天生具有某种依附性，需要寄生于文学史和文学作品才能生存。陈思和老师几乎没有什么犹疑就克服了这种堪称是集体性的根深蒂固的偏见，明确地把自己置于自主的精神创造的意识之中。他在回顾自己八十年代中期写的《当代文学中的文化寻根意识》和《当代文学中的现代战斗意识》两篇颇有影响的论文时，反省道："现在看来，我当时对文学创作中出现的新的思潮和新的现象，都抱有过于乐观和理想的成分，尤其是那篇谈文化寻根的文章，几乎是以参与者的热情态度投入其中，我明知当时的创作至少在作家主观上并没有达到我所想象的程度，但我总是愿意把我认为这些创作中最有价值的因素说出来，能不能被作家们认同或有所得益并不重要，我始终认为文学评论家与作家本来就应该站在同一起跑线上，用不同的语言方式来表达对同一个世界的看法。评论家所说出的话，同样是应该有原创性的。”(《笔走龙蛇》新版后记，山东友谊出版社，一九九七年第一版）

理解陈思和老师在文学研究上的工作，这种自主的精神创生意识应该是基本的出发点。由此出发，陈思和老师的文学史研究和当代文学批评就能够统一起来，这是一项工作，而不是割裂开来的两件事情，通常被认为的两种身份其实就是一种身份。这样说的主要根据，还不在于二十世纪的中国文学被陈思和本人以及被当下的学术界普遍认为是一个无需人为割裂的文学流程，而在于站在自主的精神立场上对当代文学创作发言和对文学史发言只是一项工作的两面。陈思和老师与他的同道倡议的“重写文学史”，影响深远，他本人倾向于用朴素和温和的语言表述他们的做法和意义，这一表述类似于“还文学史本来面目”的说法；同时他又强调书写文学史的个人性，也就是说，每个书写者都应该写出自己的文学史。换成一种不那么温和的说法，就是“创造”出合乎自己理想、对当下具有真正意义的文学史来。文学史不是已经逝去了的文学的历史，它的意义不是固定的、僵死的，而是需要后来者不断“创造”出来的，用西方人的比喻，就是“创造”出一个活的文学的“父亲”来。在所谓后现代的文化情景中，“创造”似乎是一个十分刺眼的词，那就换成“书写”也可以。其实这是一个非常简明的事实：文学史是对当代发言的。陈思和老师曾经这样自述道：“从一九八五年开始，我又开始写当代文学批评的文章，并主要做了两方面的工作：一方面是从文学史的角度来把握与确定当代文学现象的价值与意义；另一方面是以当代认识来重新整合文学史，重新评价文学史。兼顾着这两

个方面，我写了一组系列论文《中国新文学整体观》。”（《笔走龙蛇·写给台湾的读者》，业强出版社，一九九一年第一版）

《中国新文学整体观》（上海文艺出版社，一九八七年第一版）以后的工作仍然贯彻着这种意识，而且自主的精神创造立场越来越鲜明。九十年代以来，陈思和老师敏感着社会的变化，论述《知识分子在现代社会转型期的三种价值取向》，倡言“岗位意识”；继之参与“人文精神”的讨论，特别强调知识分子自身的反省和文化承担，这些都不能不说是他一直自觉坚守的精神立场的深化和现实化。在知识分子的“岗位意识”和对现实的文化承担之间，为什么和怎样连接起来呢？陈思和老师以自己的学术和文化实践，回答他自己提出来的“今天我们还能做什么？”即是对这一问题的回答。说穿了，这不是一个理论问题，而是一个实实在在的文化实践问题，所以我们有时不免会觉得关于这一问题进行很多的字面讨论和纠缠有些无聊。更简单一点说，空谈会把一个有意义的实践问题变为无意义的语言事件或热闹。我们看到，当随后的热闹来临的时候，陈思和老师与他的同道们都在忙着做他们自己实在的事情，而自然是有一些人热爱“语言狂欢”的。在知识者对现实的文化承担这一问题上，陈思和老师的想法或为“后学”所不能认同，他也确实不会自觉顺应潮流成为一个“后知识分子”，他的所言所行倒与康德的思想相符。康德在《答复这个问题：“什么是启蒙运动?”》这篇著名的文章里说：“必须永远有公开运用自己理性的自由，并且唯有它才能带来人类的启蒙。私下运用自己的理性往往会被限制得很狭隘，虽则不致因此而特别妨碍启蒙运动的进步。而我所理解的对自己理性的公开运用，则是指任何人作为学者在全部听众面前所能做的那种运用。一个人在其所受任的一定公职岗位或者职务上所能运用的自己的理性，我就称之为私下的运用。”（《历史理性批判文集》，商务印书馆，一九九〇年第一版）作为学者而在全部听众面前公开运用理性，即是“岗位意识”和文化承担之间的有机连接。

在近年来的中国新文学研究中，“民间”理论的提出和讨论是一项具有实质意义的拓展课题。陈思和老师发表《民间的浮沉》和《民间的还原》两篇长文，梳理了从抗战到九十年代文学史的一种走向，在严格的材料实证基础上，显示出相当恢宏的文学史架构能力和理论想象力，引发出现代文学研究界的一个新的关注点。它似乎能够再一次证明，被庸俗地视为寄生的文学研究者，不仅能够赋予文学作品以意外而合理的意义，而且能够创生出新的文学史。陈思和老师长久以来就抱有写一部二十世纪文学史的宏愿，也许我们今天就可以说：这将是一部充满自主创生精神的、合理个性化的文学史。

一九九七年十月五日

活的文学史

陈思和老师主编的《中国当代文学史教程》(复旦大学出版社，一九九九年第一版）出版后，在二十世纪中国文学研究领域引起了广泛的瞩目，并引发了对一些相关重要问题的深入探讨。我在复旦大学上当代文学史课，使用的就是这个教材，在这个过程中注意到一个相当有趣的现象：学界的反应和教程的使用者——大学生——的反应，很不相同。这里面蕴涵着一些很有意思的问题。

一、就这部文学史能够在多大程度上被接受来说，在当代文学研究界存在着或多或少的阻力，而在学生那里基本不存在这样的阻碍。当研究界差不多众口一词地称赞这部文学史观念“突破”、令人“耳目一新”的时候，无意中就说出了接受阻力的存在。因为说“突破”，说“新”，甚至说这部著作很“先锋”，都是相对于在此之前已有的文学史著作、已经习惯的文学史观念、已经板结成条条框框的理论、见解、意识、记忆而言的。“耳目一新”的东西真正要克服这些、“突破”这些，并非一朝一夕的事。而刚刚开始学习的大学生则不同，他们没有什么包袱，他们没有这个领域的专家们的记忆、意识、见解、理论、观念，他们不知道旧的条条框框，他们也就不觉得这部文学史怎么“突破”，怎么“耳目一新”，恰恰是这样的状态成全了他们，他们能够被这部著作唤起对当代文学的兴趣，能够从著作对作品的精细分析中逐渐培养起对文学的审美精神，并且具体切实地体认到文学与时代之间的复杂关系。这部著作的一个尤为值得注意的成功之处，从它本意为一部教程而言，就是学生们比起他们的老师来，更能适应它，接受它。

二、很多专家和教师担心，这部著作以作品分析为主，这是不是偏离或忽视了文学“史”的叙述？以作品为主型的文学史著作在文学“史”的方向上能够走多远？这样的问题要复杂会复杂到怎么也说不清，要简单其实也可以简单——回到更基本的问题上来：没有文学哪来文学史？不讲作品怎么讲文学？也就是说，文学史应该与具体的文学作品紧密相连，脱离了具体作品的文学史是非常让人怀疑的。可是我们偏偏就见过很多脱离了文学的文学史，见多了，反而觉得文学史就应该是这个样子。我们老是喜欢说文学史观念的更新，没有具体文学作品依托的观念更新又能怎么样？这部著作有一个关键词“潜在写作”，常常被人提起，被人争论，被人当成观念更新的突出例证。这当然不错。但更重要的是能够把这个核心概念支撑起来的文学史事实，能够通过具体作品把这样的文学史事实还原到当时发生的时代中去，从而真正建立时代和文学的复杂的立体结构。这并非观念一更新就可以做到的。学期结束的时候我让学生分析七十年代曾卓《悬崖边的树》、牛汉《半棵树》、穆旦《智慧之歌》三首诗中“树”的意象，绝大多数学生都能够从这个意象中感受到诗人们遭受困厄的命运、他们对命运的抗争以及他们不可排遣的精神矛盾和内心痛苦。能够理解到这些，才算理解了“文革”时期的“潜在写作”，而且这样理解的“潜在写作”就不单单是一个概念，而是与时代、人生、文学审美等内容复杂地结合在一起的有血有肉的活的文学史。

二〇〇〇年八月

杂忆《逼近世纪末小说选》

——陈思和老师的几封信，我还记得的一点事

一九九四年夏日的某天，晚饭后，我从外滩往九龙路走。那时候我在《文汇报》上班，办公楼就矗立在外滩边上。我对那幢大厦怀有感情，因为我在那里待了四年。我离开那里不久，报社就搬迁了，但那座大厦还在，每次经过，还是会特意仰头望望。不知道是哪一天，坐车过高架桥，习惯性地去看那座楼，却没有看到——没了。后来我才知道，被拆毁了。我真是震惊，那还是一座没有多少年的大楼。我想象着拆毁后的废墟，但没有去看。

好像一开篇就走了题。世事沧桑，回忆起来不免感慨。我要说的正题，也是旧事了。趁记忆还没有完全变成废墟，赶紧记下一鳞半爪。

二十分钟后，我到了九龙路陈思和老师家里。通常是在客厅或小书房里聊天，但那天天气热，陈老师让我坐到了阳台上。高层公寓的阳台，轻微的夜风吹过，还是凉快的。那天也不是随意聊天，是商量编选《逼近世纪末小说选》的事。之前也谈过多次编个年度小说选，这一次算是正式定下来了。名字是陈老师起的，他很喜欢“逼近”这两个字，有一种在进程中的紧张感。后来他在第一本的序言中说：“它用倒计时的方法，描绘一种向世纪末的精神极限不断逼近的文学现象，这项工作从现在起大约需要六年的时间，以《逼近世纪末》为总题，一年编一本，直到二〇〇〇年完成。这是一个在临界面上挖掘生命意义的工作，看看我们这个时代的知识分子是怎样勇敢地迈过这一道世纪之门的。”

陈老师确定了编选小组，加上李振声老师和郜元宝，一共也就四个人。在此之前，四个人在将近一年的时间里，讨论九十年代重要的作家作品，以系列对话的形式，发表在《作家》杂志一九九四年的第四、六、八、十期和一九九五年的第一期上，一九九六年由人民文学出版社出了一个小册子，叫《理解九十年代》。这个讨论应该算作编选工作的准备吧，虽然开始讨论的时候并没有编小说选的意识。

一九九五年，上海文艺出版社同时出版了第一、二本，第一本的范围是一九九〇年至一九九三年的小说，第二本是一九九四年的。此后每年出一本，直到一九九八年出第五本。

编选过程中的事，确实，我已经记不得了。我只记得有一年我去广州参加书市，在哪家书店的角落里看到一本华夏出版社印制得不怎么讲究的小说选——《革命时期的爱情》，作者王小波。我们就从书里选了同名的这篇作品。那时候哪里会想到，后来，王小波这个名字——我一时找不到合适的词，没关系，反正后来，谁人不知王小波呢？

有幸的是，今天能找到一些文字。我指的是陈老师给我的几封信。本来，在同一个城市，不会通信；但其间陈老师到早稻田大学待了半年，要商量事情就得写信了。

第一封信是一九九五年十一月写的："去日有半月余，不知你考研之事结果如何，甚念。希望能顺利过关。"那时候我正准备回复旦读博士。"我在这里，生活、工作都很好，只是早稻田图书馆除《上海文学》《收获》《十月》外，几乎没有今年的文学杂志，所以你们选出小说后，将复印一份，交郑宗培，要出版社寄我（最好特快专递）。同时，如可能，望你写一份入选作品的说明，谈谈你们的想法，以便我作序参考。""如上次的《逼近世纪末小说选》有，再给我买几套，让秀春带来，我可送送人。"

一九九六年一月二十七日信，完全是谈小说选，批评了初选里面的几个作品，其中说道："×× 的那篇毫无意思，虽然最后结尾略有机智，但在总体上说平庸之极。"毫不含糊，见出陈老师尖锐的一面。陈老师又提出一个想法："今年因长篇见好，能否入选一个李锐的《无风之树》，这个长篇不太长，不过十几万字……这虽属破格，也表示我们的眼识。请你与魏心宏、郑宗培商量一下，这本集子的字数不能低于二十五万到三十万之间，因前二本虽略厚，但若相差太多，也不好看。这类书只要坚持下去，宣传得当，有了一定声誉，会销得好。不要做得缩头缩脑，反而顾此失彼（郜元宝写过《无风之树》的评论，可以选用）。请速与心宏等联系为盼（《无风之树》下一轮应该获奖，可以带起其他作品）。”

我这里还保留了陈老师写给魏心宏信的复印件，是一九九六年三月六日写的，照抄如下：

心宏兄：

你好。来信收到。知兄等已对《小说选》作了十分精心的安排，甚为欣慰。这次因我不在上海，许多工作让朋友们多费了不少心，心中很是感激。李锐《无风之树》，至今我认为是九五年最有风骨的作品，是值得破格推荐的。其他几种作品的增删，我都没有意见，只是韩东的《障碍》删去有些可惜，我原计划在序中要推荐它的，后来才知被删去，但序已写了一半，再删觉可惜，只好保留着。好在这种情况在第二篇序里也有过，所以就不改动了。原来计划序写两个部分，一是碎片的世界，谈新生代小说，以张新颖的一段话为引子；二是谈长篇的成就，以郜元宝的一段话为引子。结果写下来，第一部分已达万字，再写下去，起码是二万字，作为一篇序言，觉得太长一些；其次一个原因是，年初日本大学图书馆都装订旧杂志，所以九五年杂志借阅不到。我好容易从各个大学朋友自己手中凑了一些刊物，若要看完后再写评论，非到三月底不可，这又是你们出版时间不允许，所以想下来，还是着重写了第一部分交账。须兰新换的那篇我没有看过，所以无须介绍，以后再看机会弥补。这篇序我没有留底，请兄代我复印一份交张新颖，请他在文字上、内容上再帮我把一下关，是否有不妥的地方（他对新生代作家作品把握得较好一些）。另外，这篇序若能在《小说界》发，最好，如不能发，就请新颖对它作些删节，将关于长篇的结尾部分删去，然后寄《花城》（可寄花城出版社刘钦伟先生转《花城》编辑部），一来是他们约过这方面的稿，可以寄去还债，另方面让这本书在南方作点宣传，扩大影响。

我大约四月二十五日左右回上海，那时这本书可能已出版，若需要我做什么宣传，我可以配合。

这封信可能是魏心宏复印给我的；没过几天，我又收到陈老师来信："《小说选》的事，你费了不少心，我很感激。魏心宏来信，也对你的认真态度赞扬有加。序已写好寄魏，我让他复印一份给你看看，有没有需要修改的，因为这次主要是你在操作，有些意见更重要。"

但这篇序言紧接着又写了下去，原来计划谈长篇的部分在三月下旬写好，所以陈老师又给我一信："《关于长篇小说的历史意识》一文请再复印二份，一份可以寄给林建法，在《当代作家评论》上发一下，另一份可给魏心宏，问他一下，能否将这篇与上次寄去的《逼近世纪末》序合在一起，即从原序的‘构筑起一个无名时代的世纪之门’处接下去。放在《小说选》里的序不要标题，就用‘序’，然后在引你的那封信前空一行，引郜元宝信前再空一行就行，两个小标题都不用。如魏心宏说已经来不及插入，也就算了。”后来还是加上了。这一时期陈老师还在编他的一本集子《写在子夜》，这篇长序就分成了两篇文章——一篇题为《碎片中的世界》，一篇题为《碎片中的历史》编入。

这个系列出到第五本，即一九九七年那一卷，就没有再出下去。其实一九九八年那一卷基本编好了，现在能够找出陈老师的两封信与此有关，应该是一九九八年年底或者是一九九九年年初写的吧，那个时候他在韩国，已经用电子邮件了。这两个邮件能保存下来，是因为是由孙晶转的，孙晶打印下来给我的。一个邮件说：“我读完了《逼近世纪末小说选》的作品。刘志荣寄来的《人寰》也收到。两部长篇都选得很好。中短篇里，莫言的两篇最好，舍不得放弃其中任何一篇，但从叙事特色入手，就选《三十年前的一次长跑比赛》吧。……白桦、卫慧、迟子建、杨向荣、佚名、西飚的都可以。但 ×× 和 ×× 的作品不好，希望不选……能否选一下方方的《过程》，王安忆的作品本来不想选了，但看目前的情况，选它一篇还是当之无愧的。你决定后就安排人写简评，并把目录送出版社。序等我改完文学史再写。争取回来之前完成吧。目录最后定下来可告我。”第二个邮件是关于网上作品，严锋推荐了一篇《林斗在 1978》，陈老师看后的意见是：“所涉及少年的心理，以前都是陈丹燕们为孩子写的，这篇却是写了给成人看的，很有趣，似乎开凿了一个新的窗户。只是太粗糙一些，缺乏剪裁。你看怎样？听你的意见。”

要是没有这些信件，上面的这些细节也就无从回忆了。不知从什么时候起，我变成了一个记忆力很差的人。

但我想起了一件事，前些日子在酒桌上讲了。

还是陈老师在日本的时候，有天晚上我打电话给他，商量选目等等。我是在国年路拐角的一家小店打的。那时候，一些小杂货店常常会在柜台上放一部电话机，旁边挂个牌子，写着“国内国际长途”一类的字样。谈到具体的作家作品，谈到这个选本的追求，谈到处理这个过程中出现的问题，陈老师说了很多，很多。放下电话一结账，差不多两百块。我知道国际长途很贵，但不知道这么贵。我还是做出很从容的样子，连问都不问一声就付了钱。那时候我已经离开《文汇报》重回复旦读书了，每月有三百块钱生活费。

听我讲了这件事后，陈老师问：“你以前怎么没说起过？”

是啊，我以前怎么就没有讲过呢？怎么现在就讲了呢？

现在讲讲，也算赶上了时代。你知道，现在这个时代，不论我们开始谈论的话题是什么，到最后，总是会谈到钱上——或者是钱的变形物，譬如房子。

那么就从俗，继续谈谈钱。编选费大概是千

字十块到二十块之间，具体我记不清了，也许是十五块；每篇作品要写一个简评，每篇简评五十块。记得有一次我专门去给周毅送过五十块钱简评稿酬。这样算下来，每本书编选者大概可以分个千八百的。

二〇一〇年五月十五日

不封闭缺口，宽、上、生

我做陈思和老师的学生已经二十多年了，这么长的时间，体会到的东西很多，反而不知道该从何说起。今天只从一个问题讲起吧。这个问题我想了很久。陈老师从上个世纪八十年代开始是青年批评家，那个年代的青年批评家出现了一大批，但是三十年之后很多人已经离开了。这个问题可以脱离文学来思考，思考在一个长的时间过程中，三十年甚至更长的人生历程中，为什么有的人可以一直处于向上、向前的状态，是什么力量促使这样一个生命不断往上或者往前，而多数人很可能早就在其中的某个时间点上、某种生命状态上停滞不前了。我从陈老师身上想到很多，今天只从一个角度来尝试回答这个问题。

陈老师提出一些有影响的文学史和文学批评理

论，这些理论有一个共同的特点，就是都是有缺口的，以一个圆圈来比喻的话，这些理论都不是完整的圆圈，不是封闭得没有缝隙的。从反面来说这些理论都是可以挑剔、商量的，从正面来说，我以为所有好的理论都是有缺口的，这些有缺口的理论保证了它的开放的状态，这个开放的状态能够提供给更多的人来参与讨论；同时，我觉得对个人来讲，也给自己预留了在这个理论上更往上走的一个空间。好的理论是有再生能力的，有再生能力的理论都不是百分之百封闭的理论，都是有缺口的理论。也正是因为这些理论的再生能力，受陈老师影响的一些学生能够进一步拓展研究，譬如王光东教授的民间研究，刘志荣教授的潜在写作研究，等等。

借用陈老师提出的这些理论的状态来看他的生命状态，我觉得他的生命也是一种有缺口的生命，这种有缺口的生命是从本能到自觉地处于不封闭的、敞开的状态的，它不是一步达到完善的，不是八十年代、九十年代或者是今天达到完善的，永远可以向前走，向上走，当然也可以向后退一退，然后再往前往上走。对我来说，我理解这样的生命状态可以用三个字来描述：宽、上、生。

第一个是宽，就是开阔，宽广。我经常跟学生说一句话，我还以为是我自己想出来的，现在想是从陈老师那里体会到的，这句话是：任何时候，一个人的宽度都要比他的高度重要。我要强调的是，这个宽不是固定的、本质性的宽，而是动态的、本能和自觉调整的状态，与我刚才讲的生命状态的开放性是有关系的。可以把这个宽讲得很玄妙，也可以讲得很具体，譬如我自己，对生活中的很多东西肯定是排斥掉的，但是在陈老师那里常常不是这样，他能够把很多东西纳入进来。我觉得这个很了不起，就像说河流泥沙俱下，只有当河流流量很大的时候，才能够带动泥沙，河流流量很小的时候，它就没有能量带动泥沙，滚滚向前。得是一条大河才行，清浅的小溪就不行。宽还不只是宽容，当然宽容很重要，但还不是最重要的，我把这个宽上升到对生命的存在状态来理解，这个更重要。因为老实说，一个人到了中年以后不太容易表现出开放的状态，虽然可以故意表现出很开放的样子，实际上开放的缺口在慢慢闭合，很多人为什么不能往前走或者往上走，就是因为这样一个闭合。我觉得在我的老师身上，开放状态一直保持得很好。宽有一个对立的词就是窄，我要说的关于陈老师的三个词都是与它的对立词联系在一起的，但我不把通常以为的对立当作对立，而是当成互为依托、互相支持的辩证关系来理解，从专业上来说陈老师这么多年做的只是文学，也可以说很窄吧，很多人不是觉得文学很窄了吗？其实一个人只有窄了才能宽，而且文学这个很窄的东西其实也很宽。

第二个字是上，或者用一个词叫上出。大家都想往上走，但实际上往上走是很难的，为什么到了一定程度就上不去了呢？有句话说上升的道路和下降的道路是同样一条道路，我觉得陈老师能够一步一步往上走，是因为他在不断地往下走，下到哪里去呢？下到他在现实中的实感经验。我觉得陈老师所有的学术活动，他的批评，他的文学史，就是跟他在现实生活中的经验紧密相关的，这个看起来是向下，但只有向下才能往上。我举一个最近的小例子，陈老师用巴赫金的理论来谈余华的《兄弟》，陈老师用这个理论找到了一种解释《兄弟》的方法，不少人很在意他用的这个理论，其实从根本上说他对《兄弟》的基本判断不是靠这个理论，而是从他自己的对于中国现实的实感经验当中生出来的。这里有个对实感经验的忠实的问题，套用现成的话来说是修辞立其诚。这个诚跟下到地面的切身之感是相关的，而不是飘在半空中的，不是高高在上的理论、观念和方法。

最后一个字就是生，我觉得宽、上、生，其实都是连在一起的，生就是创生，创生一个新的东西，也与它的对立面相联系，太阳底下无新事，这是一个方面；但太阳每天都是新的，这又是一个方面。二者结合才会有真的生。生生之谓易，而易有三名：一是简易，二是变易，三是不易，我觉得这都可以在陈老师身上印证。陈老师是一个简单的人，就是简易的易，简单的意思是说他的生活、他的学术思想是朴素的，跟中国本土的、跟他个人的现实经验连在一起的；另外一个就是变易，就是不凝滞、不僵化，而能够不断变化，这种不断变化给他的学术提供了创新的可能性。还有一个就是不易，人只有有了最根本的东西他才可以不变，也只有有了这个最根本的东西他才不怕不断地变化而失去自己。我还想说生的一个意思，就是生长，生长是有过程的，是需要足够的时间的，是需要耐心的，有时候是很慢的。多年来我看到陈老师思考问题，常常是一个问题翻来覆去，很慢，思想里很折腾，我现在理解了，这个很慢的过程其实是生长的过程。

我在一开始就提出了一个很大的问题，为什么陈老师可以一直不断地向前走向上走，我对这个很大的问题的理解只是从一个角度出发的，当然还有其他的角度，我的体会也很多，今天就不讲那么多了。谢谢。

二〇一〇年七月二十八日，沈阳

在“陈思和文学思想学术研讨会”

（《当代作家评论》等单位召开的）上的发言

陈思和老师的少年回忆
——《1966—1970：暗淡岁月》读记

一

吴俊教授主持的“三栖评论”要做陈思和老师的专辑，他电话约稿，我当即想到的是写一篇关于《1966—1970：暗淡岁月》的读记。挂了电话，我问自己，为什么即时反应出的是这部篇幅不大的回忆录，不是别的？

陈思和老师的写作，除了专著、论文，还有课堂讲稿、学术随笔、读书札记和书评、杂感、散文等等，笼统地称作随笔，大概也是可以的。他说：“我的文笔向来散漫，即使是正儿八经的学术论文，也端不起俨然的架子，而是尽量地朝着随意的路去走，这在我的编年体文集里早就做过宣言了。”

（《依稀前尘事·编后记》，商务印书馆，二〇二二年）编年体之设，一个意义上就是容纳不同类型的文章，八面来风，杂花生树。这一系列的文集，第一种是一九九一年出的《笔走龙蛇》；到二〇二〇年，出到第十八种《碌碌集》：流水三十年，正可见文笔"散漫"的长长历程。

这些数量可观的"散漫"之作放在一起，却获得了清晰的整体性。它们声息相通，互为补充，交相延伸，聚沙成塔，涓滴成河，合力把一个现代中国文学研究者、一个当代知识分子的长久关切，刻画出很深的痕迹，形成丰富、稳定的精神图景。但约稿时间紧，我不可以仓促就此草率成文；不过还是忍不住要举两个例子，以见"散漫"形式下内里的"紧张"：严谨的考辨，环环相扣的思想过程，呼之欲出的指向、感受，乃至情绪——

一个例子是《论鲁迅的骂人》，继之以"再论""三论""四论"。文章的写法，是先把事情说清楚，来龙去脉，前因后果，尤其是揭去纷杂的表层，直逼问题的核心。按照一般的推想，这些中国现代文学史的人事是非，说清楚应该不难吧；奇怪的就是，很难。在“三论”里有一点说明，说的是，“在太平盛世中要去回想一些恐怖记忆”，“这个题目我做得并不顺利”。很多年之后又说起，“谈到鲁迅骂人的故事，就仿佛自己身体里也就流淌着前辈愤怒的血液”(《依稀前尘事·编后记》)。

第二个例子是一篇短文，《复旦的精神》，从根子上的区别凸显复旦的不同：北大的传统里始终有着京师大学堂的影子，清华的前身是留美预备学校，而复旦是民间办学，走不靠官府权力、也不靠西方背景的独立自主的道路。三十年代末四十年代初复旦内部曾为“改制国立”而有过争辩，即是因为“国立”改变了复旦一向坚持的办学传统。复旦因为出身低贱而常被贬称为“野鸡大学”，陈思和老师却把这种起于民间的力量称为“草根精神”，“草是最软弱最卑贱的东西，它看上去微不足道，绝不鲜艳夺目，但草之根却是最坚韧最易于生长的，象征了顽强的生命力。这种草根精神在学术为显学的时代并不受人重视，但是一旦学术在‘政罗教网’中失去了应有的尊严与地位时，这种草根精神就变得重要了，有时可以成为被绑的普罗米修斯们的精神支柱”。陈老师不是校史专家，但复旦是他安身立命之所，他探根立本阐扬复旦精神，醒目扼要，寄意深长。

这两个例子并不是我特意挑选出来的，此时想到，就写在这里，从中多少也能体会陈思和老师随笔的一些特点。不可能窥一斑而见全豹，只能大致上说，他的大部分随笔属于这种类型，偏学术性，却绝不标榜“客观”“纯粹”，文字里外活跃着或隐伏着他之所思所感，因而也启人思、启人感。

还有一类占比极少的文章，偏感性，记亲证，以写师友的为多。“这些文章一直处于我的整个写作状态的边缘，只是因为心里积累了太多的感情，才会有必须倾吐出来的欲望。”(《星光·跋》，东方出版中心，二〇一八年）也举两个立刻想到的例子——

一是写巴金先生，《巴金写完〈随想录〉以后》和《“我最后还要用行动来证明”——九十岁以后的巴金先生》以及其他几篇。字里行间，弥漫的是晚年巴金的深重痛苦。在疾病的折磨和精神的煎熬中，巴金依然挣扎着行动和表达的状态，只看陈老师文章里的几点就足以让人震动：一、老人写作时思潮汹涌，可是手不听使唤，笔画不到纸上，有时急得用左手去推右手，这样一笔一笔完成了《随想录》；二、《随想录》里经常提到噩梦，一般会以为是象征或讽喻，后来才知道，全是写实："文革"开始巴金经常做噩梦，"文革"以后仍然摆脱不了，长期忍受着恐怖的纠缠；三、《巴金全集》陆续出版，面对自己曾经为迎合时代而写下的大话空话假话，在政治运动中违心发表的批判他人的言论，内心的矛盾一定很激烈，但他还是同意把这些文字编入全集，为的是让后代看清一个人在历史中的悲剧。他在一篇跋中写道："现在才明白编印全集是对我自己的一种惩罚。"

二是写贾植芳先生，《殊途同致终有别——记贾植芳先生与贾芝先生》《感天动地夫妻情——记贾植芳先生和任敏师母》《我心中的贾植芳先生》《五年来的思念》等等。陈老师从大学时代得到贾先生指导，到留校任教后担任贾先生的工作助手，再到精神血缘上的承传联结，实在是一个至为动人的故事。我一九八九年读研究生，由贾先生和陈老师合带，之后多年，亲身见证了不同代的两位老师之间日常生活中的种种情形，因而我读陈老师写贾先生的文章，总有特别深切的感受，产生极强烈的共鸣。具体不展开，只想说，这些文章，是只有陈老师这样对贾先生有深刻理解和浓厚感情的人才写得出来的。

陈思和老师说，他写贾植芳先生，巴金先生，毕修勺先生，吴朗西先生，写这些前辈的事迹，“点点滴滴都渗透了我内心的感动，其实也是写我自己的心灵成长过程。”(《星光·跋》)

从极端的意义上说，一个人写下的所有文字都是写自己，陈思和老师的所有写作里都有顽强存在的“我”；但从通常的意义上来看，排比陈老师写作的不同类型，这个“我”的隐与显，方式不同，程度也不同。以最表面的观察和感受而言，从研究著作和论文，到学术性随笔，到偏感性的散文，这个“我”从看不见的背后，到看得见的边角，再到前景里面，逐渐地显现出身影身形来。

但是还没有走进前景的中心——直到《1966—1970：暗淡岁月》，他开始直接讲述自己的事情。

二

称《1966—1970：暗淡岁月》是部回忆录当然可以，只是稍嫌正式，与陈思和老师“散漫”的笔致略有偏差；叫回忆性散文，贴近了文章的性质，却又难以表示出连贯性和整体感。这部作品最初是连载的，在内部刊物《杨树浦文艺》上，边写边载，到二〇一二年完成，已经是第三个年头，可见时日之久。之后重新编排和修订，二〇一三年由上海书店出版社出版单行本。又收入《陈思和文集》（广东人民出版社，二〇一八年）第七卷。本文引用，即据《文集》。

现代文学史上回忆早年生活的名作，排在前面的，应该不会没有这两部：《朝花夕拾》和《从文自传》。这两部作品在写法上的差异，是比较明显的。如果以这不同的写法做参照，《1966—1970：暗淡岁月》在体例上，更接近《朝花夕拾》；而在叙述连绵一体的紧密程度上，又近于《从文自传》。

书共十四章，叙述的是从十二岁到十六岁、一个初中生的生活；正文之前有个代序，一篇很长的文章，写的是十二岁之前的事情。所以这本书其实包含了从童年到少年的基本完整经历，比书名标示的时间要长。

我读这本书，时常会遇到一些段落，以前听陈老师讲过，有熟悉之感。或许是这个原因，我觉得陈老师的叙述风格就像谈话、聊天，读得出语调和口气。但又不像以前那些闲聊，那些随意交谈中即兴提到的人与事，虽然不少，但都是零星的、孤立的；如今连成一体，才有了各自的位置、互相之间的关系和在整体中的意义。如果说这本书的叙述像谈话，那也是一次长谈，诚心实意，有起伏，有缓急，庄谐相济，轻重交织。从头说起，话语成流，流出生命之河上游的行程。

三

代序的文章题为《上海的旧居》，写的是出生以后到十二岁多一点依次住过的四个地方：金华街某号、北高寿里石库门、广中新村、四平路老工房。从大处做文章，可以见出城市和社会、历史和文化变迁的痕迹；但那不是一个小孩子记忆的任务。人生的初期以这些变动的住处为中心而本能地存留记忆的图景，许多年之后重访这段生活，其实是重访初期的记忆，而记忆早已融入身体和心灵，化为自己的生命，或者，编成自己生命的密码。

从第一个住处开始："现在我的记忆像一条回到旧巢穴的狗那样耸着鼻子拼命地追寻过去岁月的遗迹，关于我父亲的印象却一无所获，唯有那居室内的家具和装饰，还保留着一些他的过时情调。以后我们又搬了几次家，多半是住在工人住宅区里，但这种室内情调一直保持着，这在一个城市普遍地粗鄙化以后多少有点不合时宜，母亲这么做应该说也有一点惊世骇俗的勇气。”——这段话透露出几个重要的信息：父亲的缺席，居家情调的保持，以及这种“室内情调”与“室外”社会潮流之间的格格不入。

父亲原是东亚大饭店的公方经理，政府一提出“支援西北新兴城市建设”，“他居然像青年人一样热血沸腾，咋咋呼呼地动员整个单位全部迁到西安去了”。“他戴了大红花抛妻别子上了火车”的时候，儿子还不足二十个月。

母亲上班，小孩子的照看就由外祖父母承担。外祖父这个人有些“另类”，他曾在英商电车公司工作，能说洋泾浜英语，还有点旧学底子，日本人占领上海之后拒不做任何事，从此“闲散”了几十年，远离社会政治活动。“文革”初期他惊慌失措地烧掉许多老式账簿，里面记的是他自己设计的文字改革方案。

外祖父启蒙外孙，从《水浒》人物画像开始，那是画在旧香烟牌子上的，贴满绿色油漆的墙面。

等到孩子慢慢长大自己阅读《水浒》，老人家又辅导理解里面的各种人情世故，“梁山好汉传为美谈的‘四海之内皆兄弟’的内幕被揭开了，一切都变得十分可怕，难以接受……听着外祖父那些冷眼旁观、洞若观火的解读，有时候会搞不清楚他是在讲小说还是在讲现实”。接着读《征四寇》《荡寇志》《水浒后传》，旧小说越读越多，当然包括了《三国演义》《西游记》和《三侠五义》。

我有些惊奇地读到，陈思和老师写居住在广中新村时期，有这样的描述：“外祖父即使在最困难的时候也拒绝工作，在春天里，他经常穿一件旧呢长衫，拉着我在外面到处逛，用他的说法是‘兜圈子’，漫无目标地在太阳光下乱走，我这个从小在城市里长大的孩子认识了大自然孕育的各种可爱生命。我学会了摘桑叶养蚕，钻草丛捉蟋蟀和从小河里捞鱼虫……我住的那幢楼是三层青瓦楼房，前面是一片冬青树林，后面是一片桃林。桃树从没结过果子，但桃花却年年春天开得灿灿烂烂，让人心里发颤……我念小学以后，外祖父给我灌了一脑子的悬梁刺股故事，我习惯了黎明即起，温习课文。天不太冷的时候，一大早我爬到桃树枝上，仰面躺着，眼睛透过重重枝叶望着天色慢慢地变亮……离桃树不远处是一个养奶牛的棚子，有时风吹来，新鲜的牛粪味和低沉的牛叫声都凌空盖过，人也会感到一阵陶醉。家境的窘迫从未影响过我对童年生活的美好回忆。”

四

一九六六年，陈老师一家搬到杨浦凤凰村，接着“文革”爆发，他小学毕业，中学无法正常开学。从这个“闲散”时期起，他担当家里的生活“主管”，母亲每个月给一笔钱，他负责开销，上有外祖父母下有两个妹妹一家六口的柴米油盐酱醋和三顿饭菜，由他安排管理。

外祖父坚决不让他出去参加闹革命、斗教师之类的活动，但关起家门，已经无法把什么都挡在外面，“室内”不再是隔绝的空间。先是外祖父的变化，“像只地洞里的老鼠那样惊恐万状地生活着”；远在西安的父亲一九六七年被隔离审查，直到一九七〇年才解除；一向坚强的母亲在外人面前还像没事一样，但内心的忧虑还是被儿子察觉到了，“我从那个时候开始深深地爱恋我的母亲，仿佛一下子长大为成年人”。

叙述到这里，出现了一个词，“隐忧”，本不该用在那个年纪的少年身上。借由这个词，写作时的陈思和老师分析过去生活中的那个自己：“关于童年时期的隐忧心理与精神成长的关系，我以前并没有想过这个问题。现在写了出来，自己也有些发愣。”一方面坚信积极上进的父亲没有错，另一方面又恐惧父亲隔离审查的事被公开，这造成内心的折磨，同时也使得这个少年与社会主流疏离。隐忧产生危险的预感，“使你对社会认识变得复杂起来，你在明处它在暗处，你必须生活在紧张之中，要求你比别人活得更加警觉，更加谨慎。‘文革’时代是一个乱哄哄的乌合之众时代，一切人都要在混乱中把自己融入集体的意志，才能得到某种残剩的安全感……可是你心里一旦有了隐忧，你就无法完全泯灭自己，因为你主观上已经意识到自己与乌合之众不一样了……恐惧会时时提醒你，你必须与众人的狂欢区分开来，与集体保持距离。这是我在‘文革’中精神成长的出发点，隐忧伴随我走向成熟”。

形成这样的心理状态显然也与外祖父的言传身教关系密切。这位老人对社会主流采取基本不信任、不合作的态度，保持着孤独的怀疑精神，潜移默化，里里外外影响到外孙。

问题是，到这个时候，外孙已经要一步步迈出家门了，外祖父很快就要退出这个成长变化中的少年人格发展之路——事实也是，外祖父的内在意志，终于不抵巨大的恐惧，崩溃了："有一次他睡午觉醒来，突然指着一本画有图画的书说，快把它糊起来，里面的老虎要出来吃人。大家都说他在讲胡话，他却真的用糨糊把一本图书一页一页地糊得密不通风。"

也是在这个时候，少年自己身上的力量开始显现，它是本能，也来自血缘和遗传——生活中缺席的父亲，以这样隐秘的方式“在场”了：“尽管父亲几乎没有与我一起生活过，但是他的天真、热情、轻信，全身心地投入社会潮流，追求理想，有时候会本能地支配我的行为，让我感到身心快乐”。显然，这与外祖父的教育相悖：“这两种力量在我的少年时代是不协调的，甚至是互相敌对的。我在杨浦四年的成长史中，这种角力几乎贯穿始终。”

他毕竟只是这个年纪啊：“我其实并不愿意自己成为一个有隐忧的人，希望能像别的小伙伴那样，没心没肺地生活、胡闹、发泄自己的盲目与激情。这也是父亲所期望于我的……当我走进中学时代以后，父亲血缘上的遗传因子很快就在我的身上占了上风。”

五

一九六七年十一月，无学可上已经一年多的小学毕业生终于要归口了，就近入靖南中学。上学第一天，竟然是这样的情境：“门口一片黑压压的人群，高音喇叭发出战斗声讨的怪响，红卫兵们手执短铁棍，拥挤在门口两边。气势不像是欢迎新学期开学，倒像是一场严阵以待的武斗即将爆发。王沂波似乎有点担心，问我：好像有武斗，要不要进去？我当时内心充满了冲动，急于想知道这是一个乱成什么样子的中学，就脱口说，开学了，总是要进去看看的。于是我们就壮了壮胆，雄赳赳地朝这黑压压的人群走去。迎面是一场批斗会。一个教师身份的造反队员使劲揪住一个脸色灰白的中年女人的颈脖，站在人群当中大声呵斥，那女人脸孔浮肿，头发又脏又乱，发出怪怪的叫声，好像是在自报罪行，为了加强效果，两只手拿着破铁盆和铁棒，说一句敲一下，鬼哭狼嚎。我们真有点被吓住了。后来有人告诉我们，这个女人是历史反革命，姓钱，学校里的职员，'文革'中最早被揪出来的。今天是'文革'后开学第一天，所以造反派要把她揪出来'祭'一下。"

——这样开学，想必也是创造了教育史上的奇观吧？一方面是如此匪夷所思的"创造性"，另一方面，这样的情境在那个时代又极其常见，极其“平庸”。因此这“奇观”之“奇”，还在于这种“创造性”和本质上的“平庸”如此怪异地结合了起来。

即便如此，在一个少年的心中，教师仍然是神圣的，以至过了半个世纪回忆，他还能一一写出他那一级十四个班班主任的名字，一一写下那些任课老师给他的帮助：一位老太太主动借给他一本英语语法自学教材，课外指导他学习。这可是不但无功反而有罪的，因此指导形成这样的方式：学生主动请教，她被动答疑。每次结束，她总是微笑着说：你已经学得太多了，可以停止了。但下次找她请教，她依然耐心指导；数学老师借给他一本自学代数，他顺藤摸瓜，到旧书店基本凑齐了这套数理化自学丛书十余册，开始有计划地自学，多年以后高考，这套书又成了复习材料。

——在极不正常的恶劣环境里，也依然有求学的学生，教学的老师。

说到自学，这个初中生当年给自己制订了一份计划，要求自己认真念完“文革”前中学的课程，譬如语文，用一九五八年教育部出的一套四册《文学》教材，前三册是古典文学，第四册是现代文学，文章读到几乎能背诵出来，以此获得了对中国文学的大致了解。

“工宣队”进驻学校，是“工人阶级必须领导一切”的体现；学校师生到工厂劳动，是“向工人阶级学习”的实践。人际称谓开始叫“师傅”，很快取代五十年代泛称的“先生”、六十年代泛称的“同志”，不仅流行于七十年代，而且稳固下来，延长甚久。我一九八五年到复旦读书，上海同学教给我们外地同学的第一件事，大概就是这个称呼，向陌生人问路、商店里买东西，开口叫“师傅”、叫“老师傅”就对了。当时我们只是觉得特别，想不到这里面的“时代力量”。

陈老师回忆到上钢五厂劳动，有一个震惊性的时刻：他站在搅拌机器的顶上平台，一下子看到整个车间的全貌，“在我充满好奇的幼稚眼光里，这是一幅波澜壮阔的劳动生产的宏图”。一排排机器，各种岗位上的工人，配合得如此有序和完美。“那一刻我突然感动起来，意识到这就是一种集体主义的力量……这是我在过去十几年的家庭教育中从未有过的感动。”过去对集体投以旁观者的眼光，“而在学工以后我完全变了，我后来的人生道路上，对社会抱有善意和积极参与，相信有一种努力可以使我们变得更加美好，起点都是在这次学工劳动。”

精神成长和人格发展过程中遭遇这样一个突破原有格局的时刻，弥足珍贵，虽然它诞生于总体性的荒唐经验之中。

六

那个时代的少年，家庭教育、学校教育之外，更多、更早地接受了社会教育，被时代洪流裹挟着浮沉，茫然无措，却也因此见识和经历了正常社会秩序之外的人事。这样的见识和经历，有可能成为生命的毒素，也有可能经过艰难的反省转化之后成为生命的特殊教育。

一九六六年八月红卫兵运动一起来，这个少年就目睹邻居家的灾祸：两个漂亮女儿被同楼的干部子弟强迫站到太阳底下遭受辱骂，小孩向她们扔泥巴，时髦衣服被烧掉，直到大女儿吓昏过去，邻居老太太心脏病发作送医院，红卫兵才心满意足地结束了“斗争会”。一两年后，偶然在大街上看到审判犯人的布告，赫然看到已经搬走的邻居家的三个名字：两个女儿和一个女婿。“邻居老方的故事，是我少年时期关于‘文革’上海的第一个记忆……初次遇见这种家破人亡的惨剧未免目瞪口呆，悲哀中人生开始有了精神阅历。”

一九六七年初，这个少年走在淮海路上，无意中撞见，一头银发的上海市市长曹荻秋被押上修电线的高架车车顶游街批斗，双目紧闭，头抬着不敢往下看。因为此前面对面见过一次市长，眼前的情境产生的震动就格外强烈。

一九六七年八月四日，“四人帮”主犯之一王洪文领导的“工总司”发起了“踏平联司”的行动，这是上海唯一一次大规模工人武斗。这个少年身临其境，与几个小朋友从早到晚跑来跑去看战况。“一场大武斗就这样过去了，那大卡车的隆隆声，打手们杀气腾腾的高喊声，看客们的欢呼声，久久地在我的耳边呼啸，刺激着我每天深夜里的噩梦。”

比公开游斗更升一级的是公审大会。一九六八年的一次公审大会上出现了上海交响乐团指挥陆洪恩的名字，作为现行反革命分子被枪决。陆洪恩是父母年轻时代的朋友，后来父母悄声议论电视转播的公审画面，被这个少年注意到了：“他们说话时精神恍惚，如惊弓之鸟，我就留了心。”

这个少年自己还去过一次现场。有个同学拿来几张公审大会的票子，“对于生活在极其枯燥环境下的少年人，连这种残酷场面竟也会成为一种消耗精力的游戏。于是我们就结伴出发……那一次的公审大会，对象是应功九为首的反革命集团。应功九被指控为国民党特务，身份是国民党地下‘上海市市长’……还有一大批人都被押到台上受审，最后判决为当场枪毙”。——“三十多年过去，我在整理复旦大学中文系的系史时无意中发现，应功九竟是复旦大学的教授”，上海沦陷时期，复旦迁重庆，留守的老校长李登辉创办复旦沪校，担任中文系主任的正是应功九先生——“那一次公审大会的回来路上几个少年边走边说话，不知不觉走到了环形的人民路和中华路上，绕来绕去走了一两个小时，才发现还是走在原地。我们自己吓唬自己说，大约是应功九的鬼魂跟上我们了。”

沈从文叙述早年生活，“看杀人”一而再、再而三地重复出现在《从文自传》里，这也是他一生都无法摆脱的恐怖经验。晚年他说到这部自传，“部分读者可能但觉得‘别具一格，离奇有趣’。只有少数相知亲友，才能体会到近于出入地狱的沉重和辛酸”。——时代变化大，湘西那种原始的砍头式杀人被枪毙取代，席卷全国的运动中那些无以计数的公审大会，并不想掩盖它的野蛮、暴力、血腥，它要宣示它的正当和必须，它要制造和传播恐怖，用恐怖来“教育”人——而恐怖真的能“教育”人，在不同的意义上，甚至在相反的意义上。

七

我更多的是在复述和引用《1966—1970：暗淡岁月》这本书，很少议论、概括、提炼和总结。我有意这么做，不仅仅因为读者和研究者对陈思和老师的关注和熟悉主要集中在他的中国现当代文学研究，对这本回忆性散文未必了然，这是不重要的一个因素；重要的是，我警惕议论、概括、提炼、总结，特别是面对历史叙述的时候。而事实上，某些概括和总结出来的观念和认识已经过于强大和稳固，以至于形成了叙述特殊时段历史的普遍模式。也正因此，那些忠实于个人生活经验和感受的叙述，那些不被普遍模式所同化的叙述，才更加珍贵。

譬如说，有不少人把“文革”或更早的一个时期描绘成一个有真诚坚定信念的时代。这是欺人、自欺，还是被欺？各种情况都有。也不必去反驳，就再抄两段书，写的是舅舅，一个普通的上海市民，偷听短波——

一段写情景：“那时我年幼无知，经常好奇地看到舅舅用厚厚的毯子盖在收音机上，把天线接到窗外……有一次他突然揭开毯子，收音机里播放着靡靡歌曲，他大声叫我母亲过去听，母亲一听就高兴地喊：这不是周璇唱的《西厢记》‘拷红’吗？金嗓子，真好听啊。母亲如醉如痴地哼着，舅舅也一脸快乐。这个场景发生在除了样板戏什么娱乐都不允许出现的年代里，但我的母亲和舅舅，在自己的家中，深深地陶醉在昔日的歌声中。”

一段写对话：“我问舅舅，你为什么这么爱听外面的消息？在我心目中，他是一个对外部世界什么都不关心的人。但是舅舅的回答出乎我的意料，他说，我们住在一幢楼里，听到楼上整天打架争吵，甚至喊救命，但不知道发生了什么。这个时候你只能跑到对面楼上的人家去问问，他们从窗户里看过去，可能比我们住在楼下的人更清楚。”

下面接着的是作者后来的想法和了解的实际情况：“四十多年来舅舅这个话一直在我耳边回响，

让我联想到鲁迅关于铁屋子的比喻，当一个人的生命被极度压抑，在屋子里奄奄一息的时候，他还是顽强地企图觉醒过来，想了解自己的处境，这就是人的高贵之处，也是人自觉为人的优势所在……在当初，收听海外广播本身是犯忌讳的，我开始以为大约只有舅舅才这样做，后来随着年龄逐渐长大，与人交往渐渐多了，才知道这是当时知识分子很普遍的行为。”

一九七〇年夏天，这个少年初中毕业，碰上“上山下乡”[①]的指示，市政府对这届毕业生宣布实现“一片红”——一个不剩到农村“接受再教育”。少年自己不明白利害，对“广阔天地”有模糊的想象，可是母亲坚决反对，明确地说，我家已经牺牲了一个，不能再牺牲第二个了。“工宣队”上门动员，“母亲眼睛看着他说，小师傅，这些话我早在一九五五年就听过了。”——一九五五年，就是父亲“戴了大红花抛妻别子”的年份。一直缺席的父

① 中国上世纪五十年代开始的运动。——编者注

亲，在这个关键当口，以这样的方式，出现在决定少年选择的现场。

为了躲避学校反复动员，母亲做主，与人交换房子，以大换小，从杨浦远远地搬到了淮海路。

这本书至此戛然而止。

八

陈思和老师在后记里说："本书的书名颇费周折。本来就想取名《暗淡的岁月》，后来由'暗淡'联想起埋藏在泥土里暗无天日，却吸收了土中营养而慢慢成形的虫蛹，便决定取名《土中蛹》，也是生命蜕变的影射。我把'我与杨浦'作为回忆录的第一卷，意味着那土中幼蛹还将慢慢形成它的生命期。但是在书稿编辑过程中，几位年轻的朋友都喜欢原来的书名，所以从众意还是将第一卷改为《1966—1970：暗淡岁月》，以后有机会我还会继续写下去，写土中之蛹如何结茧、蜕变和羽化。"

前面说过，这样直接写自己的文字，处于陈老师整体写作的边缘的边缘。即便如此，我私心里还是期盼，这边缘的边缘能够继续延伸、扩展，尽早完整起来。学新文学的人都知道胡适一生提倡传记文学，尤其苦口婆心地劝说他的朋友们写自传，其中的道理到现在也仍然是道理。我希望早日读到这部有待后续的回忆录，不仅仅从私人的意义上说它出自我的老师，也不仅仅因为陈思和老师是一位有成就的学者；大而言之，一个普通的中国人，他的生命历程，附着于他生命历程的丰富复杂信息，他的记忆，他记忆中的幽暗与光亮、风雨与道路，倘若能够诚恳地形诸文字，就有独自存在——不被整合成淹没个体的历史叙述——的特别意义。

二〇二三年一月一日

我的老师李振声

我在复旦从本科读到硕士，出去几年又转回来读博士，接下来又在复旦教书。复旦对于我，意味着什么？很多年前，我就很明确，复旦于我，首先意味着的，是我遇到的几位老师。今天我仍然这样认为。对我有重要影响的几位老师——贾植芳先生、陈思和老师、李振声老师等等——其中最先遇到的，是李振声老师。

李振声老师是我读大学时候的班主任，他刚研究生毕业留校任教，带我们中文系八五级这个班。我记得，他从教我们写作课的梁永安老师那里偶然看到我写的一篇作业，就来宿舍和我谈起写作和读书的事情。我后来又写了几篇所谓的小说，拿给李老师看，李老师认为像我这样的“风格”要写好，应该去研读一下詹姆斯·乔伊斯的《都柏林人》。我由此读《都柏林人》和《一个青年艺术家的肖像》，继而从詹姆斯·乔伊斯扩展到西方现代主义文学。那个时期，几个对文学怀着满腔热情的朋友，在李老师的指导下真是读了一些书，有机会就围着他胡说八道，赖在第十一宿舍，后来是凉城他的家里，醉酒狂言。

也是从这个时候开始，我留意各个刊物上李老师的文章，仔细阅读。我学生时期发表的第一篇评论《马原观感传达方式的历史沟通——兼及传统中西小说观念的比较》，显然从李老师的长文《中西文论范畴概念融合的探讨》中受到了关键的启发。

现在我的年龄早已超过李振声老师当年带我们的年龄，但我仍然常常碰上问题，需要向李老师请教。下面一则日记，略见此种情形。日记是二〇〇二年五月十日写的，当时我在韩国釜山大学，而李老师在日本信州大学已经好几年了。

反复读了几遍李振声老师的 E-mail。

前些日子，我请李老师把他写的长文《钱

玄同参与〈刘申叔先生遗书〉编纂始末发微》发来，读后我写信给他谈我的感受，同时也谈了我自己在学术上的困惑，向他求教。好几天没有回音。现在读到他的信：“这段时间日本过‘黄金周’，一直没上研究室，你的邮件还是刚刚看到的。谢谢你有耐心去读我那篇读起来肯定不会有什么快感的文章。年纪大了，文章写起来，连自己也觉得只是一味地在枯瘦下去，读你们的文字，可以是那样的腴润自如，心里非常羡慕，但也无可如何，只好这样了。你问我的那个问题实在太难了，我只能老实说，我也答不出。谁都有个或多或少受此类困扰纠缠的时候。我自己这么多年，便是稀里糊涂挨过来的，我在这方面一向比较糊涂，同时还有点固执，信服别人指点不如信服自己。人文这一行，说到底无非还是王国维、傅斯年他们早已说过不知道多少遍了的那些老话，一是看你能不能找到新的材料，再就是你有没有新的看法。一种东西或环境太熟悉了，就有撤离的必要，除非你有了新看法，让原先熟悉的东西一下子变得陌生起来，又能让你像打量一件陌生的东西那样重新打量它，这需要理论。”

我读振声老师的这篇长文，与去年读他的另一篇长文《作为新文学思想资源的章太炎》，感受略有不同。关于章太炎的文章，题目意思显豁；这篇谈钱玄同参与编纂《刘申叔先生遗书》始末的诸多繁杂事情，我一开始读就很紧张，因为我不知道阅读会被引向哪里。我就是一直怀着紧张的心情，看李老师非常耐心地考证和讲述种种细故。为什么钱玄同晚年会忍受着极大的病痛，以远远超出身心所能够承受的限度编校刘师培的遗著？读到这一问题提出，不禁怦然心动。“正是这样的一份工作，搅动了他对青年时代的记忆，使得那些早已成为他一生中最弥足珍贵的材料，那些昔日往事，都纷纷回到了他的心里……这件工作对他来说，实有特殊的意义。他似乎是在借此确保自己可以自由地并富有尊严地选择自己的生活，并藉以寻求、清理和保持住自己真实的身份、感情和价值观有所归属。”文章后面的部分援引本雅明《历史哲学论纲》里的看法，论述钱玄同对刘师培的学术评价与对历史危机时刻的刻骨铭心记忆息息相关。钱推重非纯粹学者时代的刘早年著述的学术价值，却看轻其后期执教国学院及北大时期的著述，与鲁迅临终对章太炎的评价可谓异曲同工。这是因为，他们所认同的，是在历史特定危机时刻展开的思想和学术，此时此刻的思想和学术或不“纯粹”，但因深深介入到现实的危机情境中，使得原本被限制在经院和书面上的著述活动，绽放出与危机撞击下显得特别真实有力的生命活动直接相通的种种可能，从而透出其特有的精神光泽。刘师培遗著的整理和编纂，使晚年钱玄同再次重温并确认了自己之于危机时刻的思想学术精神的认同关系，并藉以重新理解和提出撰写一种有别于纯粹学究性模式的学术史的可能性。文章恰好结束于这高潮处。

日记里说到的两篇长文，是李振声老师这些年来所做的一项工作的部分成果，这项工作是，对中国新文学的精神源头和思想资源作一个清理，把章太炎、刘师培等人的思想著述纳入新文学思想资源的框架里加以审视和谛听，力求对新文学的来龙去脉作更有历史根底的理解和阐释。同时还牵涉到，置身社会文化急骤转型时期，学问家何以对时代做出反应，何以自处，何以接洽已有的学术体系与完全不同的新的知识体系，等等。这一系列的问题无法避免地会指向更根本的追问，学问究竟是什么？什么才是真正有价值的学问？如此等等。李老师跟我说，他要写的这一组论文，一方面是在反刍历史，重新体验和追寻先人的内心经验，同时也想宽释自己心里的困惑和疑难。

李振声老师本来学的是历史，为八十年代文学创作和理论问题所吸引而做文学批评，其中对一九八〇年代后半期到一九九〇年代前半期中国先锋诗歌的系统研究，其成就早已为同行所肯定和赞许。当年研究“第三代”诗的专著《季节轮换》列在“火凤凰”新批评文丛里出版，我曾以短文《写在〈季节轮换〉边上》介绍；后来的许多年，常常不期然地遇到诗人、诗评家和年轻的学生跟我谈起这本书，让我感慨，毕竟多有明眼人。十多年后的今天，这部著作收在复旦大学出版社的现代中国文学史论丛书中修订出版，我心里很温暖。

二〇〇八年八月三十一日

写在《季节轮换》边上

李振声老师是人不知而不愠的典型。又岂止如此呢，他对当下现实的“知”似乎抱着一种本能的戒惧心理，始终保持一定程度上的疏离感，护卫着个人的精神立场不被强大的“社会性格”所同化。他在解释人们与“第三代”诗之间的隔阂时，其中提到一点，与现时代的某种“无深度”趋向有关：“当浮露于生存浅层的大众娱乐文化越来越主要地成为终日忙碌于物质事务的人们疲惫心灵的缓解物和代偿品的时候，诗便注定要成为一种孤独的、不可理喻的、不易接近的东西，以致有兴致关注它、能和它发生亲切关系的人将退缩在不能再退缩的范围”。而他自己也正是有兴致关注“第三代”诗、能和它发生亲切关系的人。这同时也就是说，他是退缩在一定范围里的人。

这种安然的退缩和持久的关注，是一种难得一见的一人之勇。“朦胧”诗之后的青年实验诗潮，即“第三代”诗，到底是什么样的情形呢？除了那些诗人本身以外，还有谁有兴趣关注它？有一时的兴趣，有足够的耐心吗？有足够的耐心，有相应的能力吗？即使诗人们，不也有逃遁者吗？记得我们刚上大学的时候，李振声老师就对我们讲诗歌批评的薄弱，讲诗的魅力和诗对批评的召唤。他分明是希望我们这些学生能和诗发生亲切的关系。十多年过去了，他钟情的这班学生们却没有人像他那样钟情于诗。但他甚至没有表示失望。他只是安然地做他想做的事，即使在激动的时候也只是无言的激动，一个人的激动，几乎没有人可以交流。我用了一人之勇这个词，自己觉得是出于非常审慎的选择，我所崇敬的这种品质和气魄不好随便滥施，它需要用长时间的沉默来表达。

说到这里，我想起哈维尔在狱中给妻子奥尔嘉的信，谈到一种“沉默的坚守”，写于一九八三年二月五日，原话如下：“沉默地坚守自己的立场，常常就比大声喧哗自己的立场，而后就迅速抛弃这一立场包含着更多的意味。一个缄默的合作者，对于他，你永远预言不了他将在什么时候说话，以及他将说什么，但是你确信，他说话的时候，说出的东西肯定像打钟那样干净利落，而他将比我们已经想象出来的任何一个人都更能有能力影响世界，仿佛天生就是这样的。”

李振声老师说出的东西也许根本就影响不了世界的丝毫，因为，如他所说，“意义和价值总是为有准备的心灵所准备的”——又有多少有准备的心灵呢?

但是，如果把他的这种退缩和专注理解成对当下现实的躲避，却是一个很深的误解。一人之勇的意思，也是说，对当下现实的承担，有个人的和专业的方式。《季节轮换》这部书的主题绪言表明:“不管怎么说，‘第三代’诗业已构成了中国当代（八十年代中期至九十年代初）一段感性历史的不可忽略的部分，既然文学批评注定要担当起人类感性和情绪记忆以及不断反刍和回味这种记忆的职责，那么，我给我自己派定的任务就是，把往事理出个头绪来，重溯‘第三代’诗的流程，仔细探讨一种诗学趣味发生、形成以及几经流变所需要的内在原因和外部条件，弄清楚作为一段时代的感性和精神生活见证的‘第三代’诗，在精神、心理和感知方式等诸多方面，所表现出来的应变能力和承受能力，从而为观察一段历史，一段文化的变迁，理解社会和个人的想象感知方式和经验特性，提供一种角度。”

《季节轮换》一九九六年由学林出版社出版，是“火凤凰”新批评文丛中的一种。除了主题绪言和结语之外，内容上分为九章，一、二章探讨文化寻根诗：价值城堡的重建或虚构及其拆解；三、另一种向度：无须依傍或让每一个人自己成为一种文化和意义源头；四、诗意的放逐与收复：“他们”与“莽汉”现象；五、构筑诗的巴别塔：“非非”现象；六、“夕阳下的家园”：一群深度抒情者；七、智者之虑；八、既成言路的断裂；九、女性诗歌：人物与风景。正如书名所暗示的那样，李振声老师把他所论述的“第三代”诗人看成是四处寻找诗界季节轮换的人，或焦灼，或静穆，使他产生同感和走近的愿望。他在后记里讲了他每年必需的旅行，他说：“我喜欢‘季节轮换’这个书名。世间万物当中，岁时的更迭与季节的轮换特别给我一种难以言说的庄严的感觉。不过，在我栖身的这个城市，人们对繁华的敏感已经将岁时的意义荡涤殆尽，以致你要静静留意季节的流走、体验由此带来的内心的庄严，就不得不自己去另找地方。”仅就此而言，我们也有充分的理由认为，对“第三代”诗的阅读，同时也变成了阅读者自我理解的行为。就我个人对这本书的体会而言，我不仅把它当成理解“第三代”诗的一个可以信托和依靠的引领者，而且我把它当成增进对老师理解的“文本”，从他惯用的词语、句式、口气、论述方法和个人原则，我不仅感受到一种熟悉和亲切的气息，我还隐约然而也实在地看到了一个人内心的精神图像。

李振声老师希望他对“第三代”诗的勾勒和评述，“整个情形就像自然季节转换的时候，一个手持竹帚的扫叶人在庭院或路旁，静静地、慢慢地清理一茬茬落叶一样”。这是一幅质朴动人的自画像。也许我们还能够注意到，这幅自画像和他所描述的对象之间，有一种差别，甚至某种时候可以说是一种反差：繁复芜杂的“第三代”诗，其内部多么的不均衡，特别是当乖张的虚张声势泛起的时候，这种反差就太明显了。他清醒地看到并分析了某些缺憾，却仍然保持他一直就保持着的诚心的敬意。

并且，他还要对自己的“欠缺”诚心地表示歉意，史蒂文斯有首诗叫《弹蓝色吉他的人》，他在结语里引用了两句：“我弹不出完整的世界，/ 虽然我用尽了力量。”

一九九六年七月二十三日

书之岁华

“落花无言，人淡如菊，书之岁华，其曰可读。”李振声老师的随笔集《幻视中的完美》(读译文丛，中央编译出版社，一九九七年)借用了司空图《诗品》中的句子，这些句子还可以再借用一次，来表达一点我读这本书的感受。

把自己的文章当作生命的屐痕，可见其郑重。但在序中，又有一些我觉得是没有来由的话，说到萨特，见有文章谈萨特个人隐私上的不堪，就好像跟人争辩似的说：知识分子，主要是通过著述来表明他的劳绩和影响世界，人们主要通过读他的书，而不是靠排闼进入他的内室去接受他的影响。这意思说得很好，但放在序中，读者或有些摸不着头脑。

我所以要挑这一点来说，是因为我读李老师的这本书，不但是读书，也是读人的。这倒不是刻意为之，而切断作者和作品之间的联系的批评理论，有时倒是刻意的。诚如作者所说，写下这些文章，也是一种生命的寄踪。作者实实在在地在这些文章里表露出真性情。

什么样的性情？其一，怕人。书里记了一个梦，梦见一个不相识的人问：听说你怕自己的老婆？作者不好意思地回答说：是的，我谁都怕，人是我最害怕的东西之一；我所能蛰居的地方，也不仅仅只是我一个人的天地。我读这一段短短的记梦文字，真觉得惊心动魄。我也怕人。这本书从头翻到尾，人事谈得极少，作者是回避了的。

与此形成鲜明对照，整本书却洋溢着不绝如缕的亲近的感情。亲近什么？一是自然。这种自然大都是作者现时的日常生活中不存在的，从时间上讲，存在于已经消失了的童年、少年时代的记忆；从空间上讲，存在于远方他处，作者常常从日常生活中逃离出来，去寻找和感受岁时的更迭和季节的轮换，体味无以言说的庄严。作者明确说："跟天道相比，人道实在算不了什么。”书里有两篇游记，让人吃惊的是篇幅之长，在在显露出作者对自然的耐心和细心；更让人吃惊的是，一读之下，不能罢手。像《黄山纪行》这样的题目，够滥俗的了吧，可是因为有作者和自然间的亲情融入其间，竟能读得心潮起伏。

能自然而然地唤起亲近的感情的，还有一个人文的世界，比如说对书和音乐的亲近。有客问，整天看学术性的书，会觉得枯燥吗？他想的是，农民每天在田里劳作，会觉得枯燥吗？“我自小长成在这样的乡间，可从没听见过村里的乡邻中有谁抱怨过种田枯燥。怨怨天时，骂骂农忙时节的辛苦，那倒是常有的，但要说枯燥，却是从没有听说过。”他常常在书房一角，听一上午或一下午的欧洲古典音乐，“此时此刻，近在眼前，触手可及的这个黍离之世，突然间漂移得很远，而众多过往的事情，那个平时遥不可及的世界，却像鸟群一样，向我款款飞来，我倾听着它们的翅翼之声，唯恐漏掉一丝半息。”

第一篇《怀念雨天读书》，正好把他对自然（雨天）和人文世界（读书）的亲情（怀念）融合为一体。

一九九七年四月四日

关于《行将失传的方言和它的世界》的通信

二〇〇三年，我写《行将失传的方言和它的世界》，成稿后传给在日本信州大学任教的李振声老师，很快收到他的信，认真地谈了他的意见，给我提醒。我回信，说我写这篇文章的初衷。当时陈思和老师主编《上海文学》，文章发表在当年第十二期；李老师和我的通信随后刊登在次年第四期。

这样的通信是我们讨论问题的一个例子，多少能见出李振声老师和我这个老学生多年往来的日常情形。照录全信如下：

一

新颖：

正像你所说，假期里虽然一起喝了好几次酒，但却未能有机会好好谈谈，是件遗憾的事。

谢谢你特意寄来你新写的文章。好久没有读到你的新作了，现在突然有了这样的机会，高兴是自不待言的。显然，这是早已在你心里盘桓过多时的问题，现在正好从张炜的新作那里找到了一份印证，便借机将它们从容地写了出来。你让我看看有没有问题，我看过后，觉得挺好，至少在你所设定的论域里，该谈的都谈得相当得体，也许再也无法比你现在所谈的谈得更好的了。

但如果稍稍跳开你的论域呢？

我觉得你在做的工作，和前些年，最先是从一些有着美国留学背景的人，他们对“后发”现代性国家和地区的思想文化境况所作的“后殖民”反思，在思路上比较接近，尽管这么说，很可能是你从一开始就不情愿的，也和韩少功近年努力在做的对中国种种虚妄的新意识形态的解构工作有异曲同工之处，这你在文章中就提到了，相信不会反对。珍重方言，拒绝用任何名义将方言消迩在普通话的麾下，说到底，也就是始终不放弃将文化的多元和差异视为正当的立场，并且相信只有这样，才有可能维系住世界本有的真实和丰富。但这里边也不是没有疑惑。就算方言吧，它最终还是跟语言脱不了干系，说到底，它还是一种语言系统，语言所不得不具有的抽象性和象征性，在它那里同样无不一一具有。能说出的，总比不能说出的要虚幻贫乏得多，人类语言本身即是一个背叛前语言的世界本身的过程，这既是语言的不幸，但也是它的有幸，要是语言不具有逸出在真实世界之上的抽象概括和象征隐喻性能的话，我们凭什么去通观、认知、思索和解释这个广袤丰富得没有边际的世界呢？推到极端的话，若想对生活世界“高保真”的话，就连方言也是有致命缺陷的。相对缺陷少些的，也许只有原始部落民用的尚未经过抽象分化的原始语。但原始民那里是不需要文学和小说的。语言的本质似乎已注定了，从根本上说，和普通话一样，方言同样也会损耗生活世界本有的真实和丰富，如果说有区别，那也只是程度不同，五十步之于一百步的比差而已。看来要帮助小说根本挽回生活世界的真实和丰富，出路很可能既不在普通话，也不在方言，而当另想办法。否则，我们也不容易说清楚那些再普通不过的文学经验：那些真正能打动我们的作品，不恰恰正是那些不受国家、地区、民族、政治、经济，当然包括语言等因素限制的东西，是那些溢出在这种种制约之外的东西，是那些人跟人最终可以彼此认同、理解，并深深为之折服和肯定的，真正表达了人的尊严和信念，而不仅仅只是存在于某一地域，从事某一特定职业的人身上的尊严和信念？国家、民族因素，政治、经济体制，方言，也许更多地只具有地域文化政治意义，只是增长和满足我们对异文化、民俗学和地方志的见闻和好奇心而已。

我们中国人自古以来怀抱有“世界大同”的悲愿宏志，可能最近十数年间情况有些变化，但举国上下，不管明里不乐意还是暗地里乐意，自觉还是潜意识的，那种对欧美价值趋向和生活方式的趋同，依然还是根基于这一“大同”心理情结。尊尚“大同”理想，未必就是虚妄，但未经认真反思（这本该是一个充满了外在挫折和内在精神挣扎的异常痛苦的过程），一厢情愿式的趋同，其虚妄的性质则自不待言，后一点，竹内好在上世纪五十年代特意标举鲁迅精神乃至中国社会主义实践，对日本毫无反思一味趋从的现代性痛下针砭时，已有很好的分疏，用不着我再来多嘴，尽管他当时用的材料和所得出的推论，现在读去，也有不少是落了空的。“人之初，性本善”，我们是相信，人跟人，是可以回到根本的出发点上来谈论问题和彼此沟通的，即使通约的可能性再小，但毕竟还是存在着的。人有彼此交流的必要，也是有可能交流的，首先得有彼此多少可以认同的价值心理基准，对善和恶的理解和解释的尺度，也许会因经济收入、政治制度、民族习性，甚至从事的职业和纯粹个人性的生活癖性等方面的差异，存在较大的出入，但对人人都有追求最大幸福的权利和自由，近代以降（在我们这里自然还是很晚近的事），大概是谁也不会再愚蠢地悍然表示公开反对的了，是之为善，否之则恶。有了这些大致可以通约的价值心理基准，接下来还得有可以彼此传情达意的语言，就近代国家和民族而言，它还得拥有足以满足他们维系和确认自己政治、文化、经济乃至感情共同体等诸多认同需求的表征性语言符号系统。所谓普通话，便是这样一些需求的产物。比起方言来，它当然对局促于一隅的地方有所超越，必须兼顾到各个地区的共通性，抽象性，也就是趋同求同的程度高些，但并非虚妄。不过，正像柏林所反复谈论的那样，鉴于我们人类迄今为止都还搞不清这个世界上究竟什么是最有价值的生活，什么是最为正当合理和最有尊严的生活方式，在这种情况下，为了杜绝再有人出来宣布某种价值、某类生活模式为最合理正当，从而满怀使命感和道德优越感，强使更多的人放弃自己原有的价值和生活，以便与他们一起分享那种最具价值，最为正当合理的生活，结果却迫人就范，导致人类众多价值和生活权利被剥夺，为了避免这样的历史惨剧，坚持人类价值的多元立场，坚持各种文化生活方式的正当合理性，便是一件刻不容缓的事，借重柏林的这一思路，我们不妨这样说，在眼下还找不到一种最好的语言的情况下（很可能，寻找一种最好的语言本身即是一种无法实现的乌托邦冲动），珍视和宝重现存方言正当合理的权利，使其免遭受压抑和被剥夺，是我们此时应当刻刻留意的事情。

《中庸》讲，“万物并育而不相害，道并行而不相悖”。这种“并行”的状态自然非常理想，但“道”在无限延伸的过程中总会和别的“道”接近甚至发生交叉，生物随其成长也终究要和其他生物彼此发生接触和纠缠，出现空间的纠纷，当此之时又该怎么办？这都是问题。

对趋于一体化的东西，对普通话的话语权力，在保持必要的批判立场并对其有可能包含的虚妄性坚持提出质询的权利的同时，是不是对自己所持的方言立场，也同样需要持有一份警惕和反省之心呢？

以上是我读你新写的文章后联想到的一些意见，拉杂写出，供你参考。

振声

二〇〇三年十月十四日

二

李老师：

你的信在我邮箱里躺了快两个月我才看到，那个电子邮箱我基本不用了。

你在更大的语境中看方言问题，更能见出这种关注的意义，另一方面也为“方言立场”的自我反省提供了背景和可能。

你说的我基本都同意。你说在对生活世界的损耗上，方言和普通话不过是五十步和一百步之差，我也同意的；但五十步和一百步还是差五十步的，我就是要争这五十步。并不能因为语言本质上的特征而忽略这个差异。特别是对于文学而言，这差出来的五十步太重要了。

写完这篇文章后，看到林斤澜一篇文章，说到他《矮凳桥风情》系列小说用了不少温州方言的旧事，又说：“一方水土一方人，方言是一方水土的言的美，一方人物质生产精神生产的总和的味。一个作家只会说普通话，干什么都无碍，只是到了文学这里，就会语言无味，语境不美。有人说得苛刻：写了七八本书，也还面目不清。”(《拳拳》，载《随笔》二〇〇三年第六期)

但我的立场还不是“方言立场”，我很担心这篇文章引起这样的误解。我要强调的是差异性，是差异性的语言对统一的、板结的、高高在上的语言的反抗。我在这个思想的方向上肯定方言，也在同样的思想方向上肯定被笼统地指责为“欧化”的语言，譬如鲁迅的语言、胡风的理论语言、路翎的小说语言。去年为东京的那个会而写的论文《现代困境中的语言经验》就讲这个意思，但那时因为在韩国，手边没有资料，文章就写得像个提纲；以后有机会，我还想再仔细讨论。就像这篇关于方言的文章会让人觉得我是“方言立场”，那篇关于“欧化”的文章也会让人觉得是“欧化语言”的立场，而一般又认为，方言和欧化语言是势不两立的；其实在我这里，是从差异性的角度来肯定不同的语言形式有可能给现代汉语带来更大的弹性，假如我们持一种开放的现代汉语观念，能够不断接纳差异性的话。

不过仔细说起来，这里面的问题太复杂，说不清楚。我自己心里的困惑很多，文章有时候并不能把这些困惑充分表达出来。但你知道，我所以会对这样的问题感兴趣，最初的出发点就是我个人的语言困惑，九四年我写《黑暗中的声音》，九五年写《疯狂与晦涩》，其实是很焦虑的个人语言经验，没想到今天就走到这儿了。

日本寒假放得虽晚，但也快了吧？回来再喝酒。

新颖

二〇〇三年十二月十八日

李振声老师的翻译

一

李振声老师的书，我都有：专著《郭沫若早期艺术观的文化构成》（贵州人民出版社，一九九二年）、《季节轮换："第三代"诗叙论》（学林出版社，一九九六年；复旦大学出版社，二〇〇八年）、《重溯新文学精神之源：中国新文学建构中的晚清思想学术因素》（上海人民出版社，二〇二〇年）；批评选《书架上的历史》（安徽人民出版社，二〇〇五年），诗论集《诗心不会老去》（复旦大学出版社，二〇一六年）；随笔集《幻视中的完美》（中央编译出版社，一九九七年）和《幻视之真》（复旦大学出版社，一九九八年）。

我一一列出，不是为了显示他的劳绩，他自己从来就没有完整地罗列过；而是想让这些书共置，仿佛这些书摆放在一起，就能自动构成一个中国现当代文学研究者在漫长时间里刻画的生命图景。其实不太可能；但我愿意这样相信：生命的划痕隐在每一本书的后面，当这些书形成关系，那些划痕就可以连接、交错，至少对于我这个老学生而言，能够看到隐抑的画面浮现出来，清晰起来。

不过我这篇短文不想贸然描述这个生命图景，而还是要把它推回去，推到“背景”，来粗略地谈谈另一些书：李振声老师翻译的日文著作。谈他的翻译，需要这样一个“背景”；而且，翻译背后的生命划痕，也加入到了这个“背景”之中，使得整体的生命图景愈发细致幽微，透露出更加丰富的信息。

二

最早翻译的是铃木正夫的两本书：《苏门答腊的郁达夫》（上海远东出版社，一九九六年）和

《郁达夫：悲剧性的时代作家》（广西教育出版社，二〇〇〇年）。两本书出版有先后，翻译则是差不多同时完成的，大约在一九九五年。前一本的译跋中说："……渐届中年，心绪变得荒淡，对世事常有茫然之感，因而枯坐家中的日子渐渐多了起来……"后一本也有译跋，说到的是"纪念之情"："记得十几年前读研究生时，我的第一篇稍稍像样的专业论文就是谈论郁达夫散文观的。这两本译稿虽不足以尽抒我的追怀之情，但毕竟多少表达了一个后人对先贤发自内心的一份景仰。"

与这两本在同一期间翻译的，还有横光利一的随笔集《感想与风景》（南海出版公司，一九九八年；广西师范大学出版社，二〇〇五年）。起意翻译横光利一，还是源于中国现代文学研究的需要："译这个集子本来是我预想中一项研究的副产品。我一直不满意国内学界在追溯中国三十年代'新感觉派'与日本二十年代'新感觉派'之间那层渊源关系时，一些浮光掠影甚至道听途说的说法"，想"从文本影响源上比较扎实地作一番清理"，"自己动手”的先期工作，就是翻译。“我敢说，收在这里的这些随笔和游记，都是初次译成中文。”

这样的想法和做法，用周作人的话来说就是，“野和尚登高座妄谈般若，还不如在僧房里译述几章法句，更为有益”。周作人说，翻译是他自己的“胜业”。

这样的工作于李老师，还有另外一种更个人化的意义。写于一九九七年的译跋，最后一段可与前引《苏门答腊的郁达夫》译跋里的话互参：“初稿完成于二三年前，当时我正经受着一点琐事，在心烦意乱的一段日子里，我靠每天译一段横光利一，才渐渐重新找回了我原有的一份平静。”

除了这本随笔，李老师又翻译了横光利一以五卅为背景的小说《上海》，并且费心加上了许多研究性的注释。不知道什么原因，这部译稿多年来一直没能出版。横光利一中译寂寥，之前如此，之后大概也是如此。

一九九六年，为纪念鲁迅六十忌辰，李振声老师写短文《〈野草〉与〈梦十夜〉》；以此为题，也是有感于二者之间的关系“更微妙，更对应，更具文学比较研究的价值”。接下来，他就着手把夏目漱石的《梦十夜》译成中文。后来又译《永日小品》《浮想录》《伦敦留学日记》，与《梦十夜》合成一书，以《梦十夜》为名出版（广西师范大学出版社，二〇〇三年）。再后来，他又翻译了夏目漱石的小说《虞美人草》（人民文学出版社，二〇一八年）。据周作人回忆，《虞美人草》在《朝日新闻》上连载时，鲁迅逐日追读。

李老师本科学的是历史，后来选择文学研究栖身，对史学毕竟未能忘情，机缘巧合，他就翻译了内藤湖南的中国考察记《禹域鸿爪》（浙江文艺出版社，二〇一八年）。译这样的书，自有其难处。一九九八年写的译后记里说：“内藤是日本东洋史学京都学派的开山人，这本书又写于差不多百年之前，原著用的是一种颇带古奥气息、文笔专骛渊雅的文言体日文，因而转译时也让译者颇费踌躇。作为一份不可多得的见证百年前中国世事世情的文化史料，将其译为平白直爽的现代汉语，反而觉得跟文本原有的性质不相对称，倘若某种直接就能提示其历史感的东西，却因为转译文体的不相称合而致使那份本可直接感知的历史感就此流失，这无论如何也是件遗憾的事。”明知“两不讨好”，还是采用了“半文不白”的语言。

这本书很有意思，仅举一个例子：内藤湖南在天津宴请严复等人，眼见严复“眉宇间有英爽之气”，“谈论纵横，不惮忌讳，盖系此地第一流人物也”。两人之间有这样的对谈：

我 承蒙方先生惠赠，得以奉读大著《天演论》，文字雄伟，不似翻译，诚可见出大手笔矣。

严 因欲读者易于通晓，故不拘泥于原文句子次序，然而此举实非译书正法眼藏，弟近来所译之《计学》，则谨守绳墨，他日书成，当以求教。

……

我 京中有可以与之谈论时务者乎？

严　自戊戌政变以来，士大夫钳口结舌，何处有可与言时务者，吾不知也！

李振声老师有两段日本生活，各有不同的重要性。第一段是一九九一年到一九九三年，在东京庆应大学访学，这期间对日文著作的格外留心，从以后的翻译可以推想。访学回来以后，到一九九八年，不过五年左右的时间，他做了以下的事：把以前的博士论文重写一遍，成书《季节轮换》；翻译了以上所列的这些书。他不止一次地提及这期间心境上的荒落，却偏偏在一言难尽的情形中，成就了翻译之事。这一字一句写下来的翻译，这寂寞而日复一日的工作，是排遣，是安慰，是救助，也是重新凝聚自我、焕发生机的力量。

三

但他安静地读、写、译的状态被打断了，他被推为中文系副主任，陷入极不擅长的行政事务中。

这样勉力维持几年，内心的焦虑和危机越来越重。无法可想时，意外获得了一个去日本教书的机会，顿生解脱之感。

二〇〇〇年到二〇〇五年，李振声老师在日本中部山区的信州大学任教，这里的环境，四周青山随时晤对，学术热闹隔膜疏离，两方面都合他的性情，这段生活的意义于焉生发：他开始了一项新的研究，核心是危机时刻的思想和学术。此项工作旷日持久，回国后继续，前后用去十多年，成书《重溯新文学精神之源：中国新文学建构中的晚清思想学术因素》。说是慢工细活，没错，但不足以表达更为内在的、持续不已的精神对话的紧张和深度。

那么翻译呢？我猜想，大概顾不上了。

去年八月底，忽然收到出版方寄来永井荷风《江户艺术论》(广西师范大学出版社，二〇二二年)，大为惊喜。在李振声老师翻译的书中，这一本装帧印制最为考究，大量的浮世绘插图尤为增色。译后小记是二〇一九年末写的，忆及初次访学庆应，因荷风曾经在此教授法国文学和文学评论，不由得对荷风以及荷风以降的庆应文人，生出特别的兴味。荷风的小说和随笔，这些年已陆续有很好的中译，“只是我所喜爱的《江户艺术论》，一直仅有零星的译文，至今未见有完整的译本，于是，只好硬着头皮，试着来做一回‘始作俑者’，这几年间，时断时续地总算把它译齐了”。

李老师说：“想译得像周作人那样贴切当然无有可能，对周译我唯有敬佩得五体投地。但那也只能是他的译笔，我若仿着他译，终究难免东施效颦之讥，译得再像也没有什么意义。在这个问题上，我还是觉得《世说新语》‘品藻’一目里殷浩回答桓温时说的话最合我意：‘我与我周旋久，宁做我。’更何况，周作人也仅是留下了行文时信笔译下的几段。”

永井荷风谈浮世绘，有一节周作人引用过不止三次，他因这“东洋人的悲哀”而常起怅然之感。周译这段文字，不少人熟悉到能默诵；倘若有心，不妨对照李老师的翻译：

如今若反躬自省我之究竟为何物，则我并不是如维尔哈伦那样的比利时人，乃一介日本人耳，生来即与其命运与境遇迥然相异的东洋人耳。恋爱的至情自不必说，对于异性，皆因起有性欲的感觉，而一概被视为社会最大的罪恶，须得领受法律的制裁。我乃自幼即被灌输以“哭闹孩儿与耍横泼皮，最不可招惹”的训诫的人类；我乃深明“祸从口出”道理的国民。令维尔哈伦感奋的鲜血淋漓的羊肉、芳香醇美的葡萄酒、体态丰硕的女性的画面，与我又有何干？呜呼，我爱浮世绘。苦界十年，为父母卖身的游女的绘姿令我啜泣；倚身竹格子窗、茫然望向流水的艺伎的身影令我欣喜；残留着叫卖荞麦面的纸灯的凄寂的河岸的夜景令我陶醉；雨夜啼月的子规，淅沥秋雨的落叶，落花时节穿梭在风中的钟声，日暮途中山路的积雪……举凡这世上所有虚幻无常，孤苦无望，徒然令人无端嗟叹恍若一梦的一切，都让我觉得可亲，觉得可怀。

四

受《江户艺术论》这本新书的触发，我找出李振声老师以前的所有译作，放到书桌上，时常随意翻翻，似乎多少能够感知和想象他在字里行间流连低徊的日常情形。去年李老师退休，金理和我商量教研室做个茶话会之类的小活动，被他拒绝了。以他向来的性格，这也在意料之中。

他的研究室在我楼上，挤满了书，人在里面很有些局促，之前我曾经坐在他的书堆之中跟他说，等你退休，这些书大都可以扔了。他不理会其中的玩笑，即刻回说，扔了，我以后的日子怎么打发？以前他几乎天天来研究室，现在当然来不了，那里面的书，不知道什么时候悄无声息地搬回了家。

即便只是打发日子，李老师还是会翻译些什么的吧。

二〇二三年七月十三日

图书在版编目(CIP)数据

启明 : 杂记我的复旦老师们 / 张新颖著. -- 上海 : 上海译文出版社, 2025. 8. -- ISBN 978-7-5327-9911-4

Ⅰ. I267.1

中国国家版本馆 CIP 数据核字第 2025XU4849 号

启明:杂记我的复旦老师们

张新颖　著

责任编辑/徐珏　装帧设计/柴昊洲

上海译文出版社有限公司出版、发行

网址:www.yiwen.com.cn

201101　上海市闵行区号景路 159 弄 B 座

苏州工业园区美柯乐制版印务有限责任公司印刷

开本 787×1092　1/32　印张 7.25　插页 5　字数 72,000

2025 年 8 月第 1 版　2025 年 8 月第 1 次印刷

印数:0,001—6,000 册

ISBN 978-7-5327-9911-4

定价:68.00 元